KB044628

반숙자 수필집

거기 사람이 있었네

반숙자 수필집

거기 사람이 있었네

초판 1쇄 2015년 9월 20일

지은이 · 반숙자
펴낸이 · 김종해

펴낸곳 · 문학세계사
출판등록 · 제21-108호(1979.5.16)
주소 · 서울시 마포구 신수로 59-1(121-856)
대표전화 · 02-702-1800, 팩시밀리 · 02-702-0084
이메일 mail@msp21.co.kr
홈페이지 www.msp21.co.kr
트위터 @munse_books
페이스북 https://www.facebook.com/munsebooks

값12,000원
ISBN 978-89-7075-640-0 03810

반숙자 수필집

거기
사람이
있었네

문학세계사

책머리에

우화羽化를 꿈꾸며

사과나무 잎새 뒤에 얌전히 벗어 놓은 매미의 허물을 본다.

허물은 벗어 놓고 어느 나무에서 목청껏 노래하고 계신지…….

알에서 깨어난 그대는 캄캄한 땅 속으로 내려가 7년 동안 굼벵이로 살다가 여름 저녁 땅 속에서 나와 나무로 기어올라가 여섯 개의 다리로 단단하게 고정한 후 우화 준비를 한다지. 그리고 등짝이 갈라지며 꿈틀꿈틀 허물을 벗고 세상을 향해 날아오른다지.

이번 수필집을 묶으며 매미를 생각했다.

그동안 다섯 권의 수필집을 출간하며 허물을 벗기 위해 엔간히도 노력하였다. 그런데 그 허물이 얼마나 질기던지 등짝이 갈라지지를 않아서 우화에 실패하고 도로 주저앉곤 했다.

우화의 꿈은 황홀했다.

그날이 오면 푸른 날개 활짝 펴고 창공을 날아올라 수관이 아름다운 나무에 깃들어 맘껏 노래하리라는. 비록 그 노래가 일주일의 유한한 시간일지라도 여한 없이 부르겠다는.

이제 보니 그 노래는 사람을 위한 노래였다. 처처에 스승이라 내 가슴을 두드리고 간 사람들을 보고 기쁨에 겨워 부른 노래, 눈물겨워 부른 노래, 이것이 생애 처음 알아 낸 내가 존재하는 이유였다.

아직도 우화를 꿈꾸며 꿈에서나 부를 그 노래를 세상에 내놓는다.

그동안 많은 사랑 속에 살았다. 빚이기보다는 축복이라 여기며 감사한다.

책을 품위 있게 만들어 주시고 분에 넘친 표사까지 써 주신 문학세계사 김종해 대표님과 편집장님, 그리고 문우 한상남 시인께 감사드립니다. 귀한 그림으로 책을 빛나게 해 주신 마음의 스승 최종태 교수님께도 진심으로 감사드립니다.

언제나 버팀목이 되어 준 가족들과 글로 인연 지어진 모든 분들 사랑합니다.

2015년 가을

반숙자

차례

1. 아름다움의 힘

2. 길 위에 집을 짓고

3. 잉태의 바람

4. 개구리를 순찰하다

5. 거기 사람이 있었네

6. 같은 온도

1
아름다움의 힘

꽃차를 우리며

아침 햇살이 거실 깊숙이 들어온다. 햇살 덕분인지 게발선인장이 느린 몸짓으로 꽃봉오리를 부풀리고 있다. 이 화초는 여름내 게발게발 잎만 키우다가 겨울이 깊어서야 잎새 끝에 바늘구멍만 한 상처를 내고 개화를 시작한다. 붉은 기미뿐인 잎만 바라보고 있노라면 그 느린 행보 때문에 답답증이 생긴다. 그러기를 이십여 일, 상처는 봉오리가 되어 제법 봉싯하다. 햇살은 주춤주춤 기어나와 마지막 손길인 듯 봉오리 부푸는 게발선인장을 쓰다듬고 추녀 밑으로 올려붙다가 뜰 앞에 나목으로 선 호두나무를 탄다.

점점 밖으로 나도는 일이 편치 않다. 바쁘게 사는 젊은 사람들 만나면 시간 빼앗는 것 같고 동기간들은 멀리 살아서 만나기 어렵다. 만만한 게 친구인데 친구들은 물리치료실에 가서 누워 살고 아프다고 하니 찾아가기도 민망하다. 강의가 있는 날을 빼고는 집 안에서 지내는 일이 많다. 전 같으면 책을 들고 있으면 하루가 언제 지나가는지 몰랐지만, 지금은 십여 쪽을 읽고 나면 눈이 아프다. 좋아하는 연극이나 영화 나들이가 뜸해지니 자연 소일하는 농장 출근이 제격인데 아직은 겨울이다. 이렇게 적적한 날이면 나는 꽃차를 우리는 소꿉놀이를 시작한다.

사람들은 차를 마실 때 먼저 눈으로 색을 즐기고, 이어서 코끝을 간질이는 향기를 탐하고, 마지막에 혀끝에 감도는 깊은 맛을 즐긴다지만, 내가 꽃차를 우리는 것은 혼자 놀기 위해서다.

햇살이 포근하게 비쳐드는 거실에서 달그락달그락 다기를 꺼낸다. 자주 마시는 보이차를 우릴 때는 앙증맞은 자사호를 내고, 우롱차를 마실 때는 음전한 백자 다관을 쓴다.

그러나 오늘처럼 꽃차를 우릴 때는 유리 다관이 제격이다. 말간 유리 다관에 마른 꽃잎 대여섯 송이를 넣고 뜨거운 물을 붓는다. 배시시 피어나는 꽃잎을 볼 수 있는 것이 투명한 유리 다관의 장점이다. 성정이 급하고 조신하지 못한 내가 다탁 앞에서만은 요조숙녀가 되는 이유는 바로 차의 고요한 마음이 이심전심으로 전해지기 때문이 아닌가 싶기도 하다.

밖에는 간간이 바람이 분다. 먼 도로에 차량들만 오갈 뿐 사람은 없다. 지금 방 안에는 장사익의 노래가 "찔레꽃처럼 춤췄지, 찔레꽃처럼 노래했지, 당신은 찔레꽃 찔레꽃처럼 울었지" 하며 애절하게 넘어가고 있다.

그 사이 유리 다관에는 화면이 바뀐다. 노란빛 봄이 와 있다. 화사하다. 꽃잎들이 모두 아래를 내려다보고 제 본새로 활짝 피어난다. 하염없이 바라본다. 어찌 이리 고운가. 살아서 한세상 죽어서 또 한세상, 요술 같다. 중국 오대산 자락에서 피어 살던 꽃이 죽어 환생하여 여기 한국 땅에서 또 피어나는가. 세상 만물이 인연법에 따라 윤회하며 몇천 겁을 태어나고 사라짐을 거듭한다더니 이 꽃송이가 나에게 그것을 설법하려나 보다.

다관을 들어 올린다. 금련화 꽃송이가 수면 아래로 꽃잎을 열고 웃는다. 다관을 흔들어 보면 출렁이는 노란색에 취해 현기증이 날 것 같다. 벌써 봄멀미가 나는가. 향기도, 맛도 잊고 그저 바라만 본다. 현기증 같은 묵은 그리움이 꽃잎처럼 피어오른다. 장사익이 하얀 찔레꽃을 보고 그 향기가 너무 슬퍼 울었다고 목을 꺾는데 죽었다가 살아나는 꽃잎이 대견해서 속이 아리다. 손이 닿으면 바스러질 것 같은 마른 꽃송이를 차칙으로 퍼내 다관에 넣을 때 내 손은 미세하게 떨렸다. 어떤 주검 앞에 있는 것 같은, 거기다가 섭씨 백도의 물을 부으며 스스로 잔인하다 생각했다. 두 번 죽는 참담함…… 그러나 꽃은 미움도 원망도 없이 환하게 새로 피어 웃으니 바로 보살이다. 정말 우리 삶의 여정 밖에도 이런 세상이 존재하는 걸까.

혼자 놀기가 오붓하다. 마음이 눈 떠 있으면 천지만물이 보살이다. 느린 걸음으로 피어오르는 게발선인장도 보살이요, 멀리 중국 여행중에 벗을 위해 꽃차를 사 온 문우도 보살이다. 나는 햇빛 보살, 노래 보살, 꽃 보살과 더불어 덧없다는 한생을 순례하는 열락에 취한다. 혼자 놀기 칠십여 년 만에 눈뜨는 각성이다. 고요한 마음 호수에 두 손 합장한다.

홀로, 함께

남녘 어느 시골 마을에서 홀로 사는 농촌 어르신들이 한 지붕 아래 공동생활을 즐겁게 하고 있다는 기사를 보았다. 전에는 큰 제목만 눈으로 훑었을 기사를 꼼꼼하게 읽었다.

칠,팔십대에 든 그분들은 한 마을에서 지아비를 먼저 보내고 홀로 사는 노인들이라 했다. 자녀들이 있지만 객지에 살아 마음뿐이지 모실 사정이 여의치 않다. 이런 노인들이 겨울이면 경로당에서 모여 점심을 같이 해 먹으며 지냈는데, 팔십 세의 노인이 앓아 눕자 거처를 옮겨와 함께 지내며 간병하고 위로를 했다. 이런 일을 거치면서 동병상련 독거노인 여섯 분이 한 지붕 아래서 동거동락하게 된 것이다.

이즘 들어 또래가 모이면 더 늙어서 어떻게 살 거냐는 푸념 같은 걱정이 심심찮게 오간다. 동질의 아픔을 나누며 벌써 이렇게 되었나 하는 허무감이 들기도 한다. 내외가 생존한 사람들은 말벗이 있으니 홀로 사는 이들의 적막강산 같은 심정을 다 알 리가 없다. 그러나 홀로 된다는 건 누구에게나 예견된 상황이니 큰소리 칠 일도 아니다.

쉽게는 경제력만 있으면 실버타운으로 들어가 사는 것이 이상적인 노후라고 말들 한다. 하지만 설사 최고의 시설을 자랑하는 곳이라 해도, 서로 다른 환경에서 살던 사람들이 큰 공동체에 들어가 사는 실버타운이 꼭 노인들의 지상 천국은 아니라고 주장하는 사람들도 있다. 경제력이 있는 노인들이 모인 곳이면 천차만별의 개성에 그 나름의 알력이 있다는 것이다. 그런가 하면 요즘 지방에서도 쉽게 들어갈 수 있는 노인 요양원은 어떤가. 그런 곳은 거의 환자들이어서 기력이 있는 노인들은 적응하기가 어렵다고 한다.

늙어서 어떻게 사는 것이 가장 현명할까. 일본 작가 소노 아야코는 혼자서 즐기는 습관을 기르라고 했다. 남에게 의지하지 말고 기대도 하지 말고 스스로 처리 불가능한 일은 포기하라고 말이다.

우리 내외는 가끔 그 문제로 머리를 맞대고 의논을 한다. 남편의 이야기는 진지하다. 만약에 자기가 먼저 세상을 떠나거든 절대 자식들과 합쳐 살지 말라고 한다. 자식들에게 부담을 주는 것일 뿐만 아니라 본인도 자유롭지 못하리라는 게 이유다.

실버타운에 들어가 사는 일도 여의치 않을 것 같다. 공동생활에 익숙하지 않은 내가 단체로 일어나고 자고 밥 먹고 행동할 일은 생각만으로도 아득하다. 죽을 때까지 책 읽고 글 쓰고 싶은 나는 홀로의 자유를 보장받고 싶은 것이 솔직한 소망이다. 누군가는 말한다. 능력이 될 때까지 혼자 살다가 더 이상 안 되겠다 싶으면 노인 병원에 가는 길밖에 없지 않느냐고. 지금으로서는 나 역시 그 방법 외에 뾰족한 수가 없는 것 같다.

통계에 의하면 이미 우리나라의 독거노인은 백만 명이 훨씬 넘었다고 한다. 국내 65세 이상 노인 다섯 중 둘 이상이 독거노인이고, 2020년에는 150만 명까지 급증하리라는 조사다. 내가 그 중에 하나일 것이라는 사실이 예사롭지가 않다.

나는 기회가 있을 때마다 각 읍면 단위로 독립된 공간에 자유가 허락되는 노인 시설이 들어서야 한다고 말해왔다. 지방자치단체에서 그런 노인 시설을 운영한다면, 입소하는 사람들이 서로 낯설지 않고 공동의 추억을 가지고 대화를 하니 외로움을 덜 탈 것이다. 또 가족들이 가까이 있어 운영에도 도움이 되지 않겠는가. 입소한 노인들이 형님, 아우로 살며 친동기 간 같은 정을 나눌 수 있지 않을까 해서다.

어느 동요 작가는 이북에서 남하해 혈혈단신 살다가 말년에 노인들의 천국이라는 요양원에 들어갔다. 그분은 입소할 때 40킬로그램이던 몸무게가 25킬로그램이 되어 돌아가셨다. 그분이 형벌처럼 고통스러워한 것은 한방을 쓰는 노인이 밤에 불을 켜지 못하게 해서 책을 볼 수도, 글을 쓸 수도 없는 점이라고 했다.

가끔 사람이 살지 않는 황야에 홀로 선 듯한 느낌이 들 때가 있다. 전에는 없었던 증세다. 내 이야기를 듣고 있던 한 문우는 그 순간이 바로 절대 고독이라고 했다. 하여 사람은 혼자 왔다가 혼자 가는 존재라고 했는지 모르겠으나 그런 순간은 아뜩하다. 곁에서 누가 어떤 말을 해도 귀담아 들어지지 않는다. 이제는 그 절대 고독에 길들여져야 할 때가 온 것 같다.

그래도 꿈꿀 수 있다면 홀로, 함께 살 수 있는 방법이다. 마음 맞는 사람 몇이 큰 집을 구입해서 각자의 방에서 살며 식사와 가사는 도우미의 도움을 받으며 채마밭을 가꾸고 정원을 산책하는 등 각자의 취미 생활을 즐기면서 사는 것이다. 홀로의 자유를 누리면서 함께 사는 공동체, 거기서 더 바란다면 성당 가까이 있어 성사 생활을 할 수 있다면 노후 밑그림이 허술하지는 않을 것이다. 그마저도 욕심이라면 내일 일은 내일에 맡겨 두고 허락받은 오늘을 감사하며 기쁘게 사는 일이지 싶다.

신문에 난 노인들을 다시 본다. 이제 밤중에 아프면 어쩌나 하는 걱정이 없고 따뜻한 방에서 정을 나누며 고독과 질병으로부터 보호되고 경제난도 해결되니 시골 노인들이 일구어낸 좋은 발상이다. 그래 그런지 파랗게 올라오는 마늘밭을 매고 있는 노인들의 얼굴이 천진하고 밝기만 하다.

하리잔

용산리 호수를 끼고 모퉁이를 돌면 청사초롱에 불 켜진 오두막이 나온다. 이 오두막은 한 음식점의 별채로, 구들장을 놓은 독채 방이어서 향수를 달래 주기 안성맞춤이다. 요즘은 보기 드문 구들장이 전해주는 정서의 온기라 해도 좋다. 내가 이 방에 남다른 정감을 갖게 된 것은 인도를 다녀온 뒤부터다.

허리를 굽혀 들어서면 황토로 바른 바람벽이 눈길을 끈다. 한쪽 벽면에는 손바닥을 찍은 문양이 가득 채워져 있다. 흙내 나는 벽에 기대어 소주잔을 드는 날, 내 기억은 창공을 날아 인도로 간다.

가도 가도 끝이 없는 평원이요, 황톳길이었다. 제멋대로 자라난 빈약한 숲들이 먼지로 부옇게 덮이고 가무잡잡한 아이들이 아무 데서나 용변을 보며 흰 이를 드러내고 웃었다. 인구가 10억이 넘는 나라답게 도처에 사람들로 붐볐다. 그 가운데서도 길가 마을을 보면 허술하기 짝이 없는 집들인데 바깥쪽 벽에 손바닥 모양이 빼곡하게 채워져 있었다. 미관상 아름답게 하려고 일부러 찍은 것인지 알 길이 없었다.

우리들의 의문을 안내인이 풀어 주었다.

인도에서는 연료로 쇠똥을 많이 사용한다고 한다. 쇠똥을 빨리 말리기 위해서 벽에 칠하는데 어른이나 아이들이 함께하기 때문에 큰 손바닥 작은 손바닥이 찍혀 있다는 것이다. 그래서인가 아이들 두세 명이 바구니 같은 것을 옆구리에 끼고 쇠똥을 주우러 다니는 모습을 종종 보았다. 또한 집 앞마당에 돌 화덕을 만들어 새까만 냄비를 걸어 저녁을 짓는 모습을 보는데, 이때 사용하는 연료가 바로 쇠똥이라는 것이다. 고만고만한 아이들이 모여들어 재잘거리고 그 가운데 어머니인 듯싶은 여인이 불을 때며 아이 머리에서 이를 잡아 내는 모습은 우리들 어린 시절 모습이었다.

인도에서는 소를 신성시한다고 했다. 신전의 제물로 소의 피를 제단에 뿌리는 의식을 했고 사람은 아무 데서나 자도 소에게는 깨끗한 여물통에 여물을 주고 상전 대접을 하는 것이 오랜 전통이라 했다. 힌두교도들에게는 소를 잡거나 쇠고기를 먹는 일은 아예 허용되지 않는다.

뭄바이에서 출발하여 엘로라의 아잔타 석굴을 거쳐 아그라의 타지마할과 인도인의 영혼의 어머니 갠지스 강까지 불교 성지를 돌아보는 여정이 아득했다. 땅이 넓어 버스를 타면 열 시간은 보통이다. 게다가 버스든 기차든 정확한 시간 관념이 없어서 이동 시간 또한 제멋대로다. 버스가 작은 시장에서 멈추어 화장실 다녀오라 해 놓고는 한 시간이고 두 시간이고 기사가 보이지를 않는다. 그가 친구를 만나러 갔기 때문이라고 한다. 쇠귀 신영복 선생이 인도를 찾을 때에는 시계를 풀어 두고 가라고 당부하더니 이래서인가 보았다.

거기가 어딘지 마을 이름은 알 수가 없다. 우리나라에서는 11월로 수확이 끝난 때였는데 인도는 따뜻한 날씨 덕분에 벼농사를 3모작을 한다고 했다. 도로에서 멀지 않은 곳에 가족인 듯싶은 일고여덟쯤 되는 사람들이 벼 타작을 하고 있었다. 볏단을 머리에 이고 나르는 어린 아이들, 그것을 돌에 쳐서 떨어내는 남편과 아내…… 그 옆의 논에는 이제 한 뼘쯤 자라나는 벼 포기가 파랗게 올라오고 있었다. 저 넓은 땅에 사철 따뜻한 날씨임에도 사람들은 왜 가난하고 무식하고 게으른가. 그러면서도 서둘지도 조급하지도 않게 태평스런 얼굴로 살아가는 이유가 궁금했다.

인도에는 세습적 신분인 카스트 제도가 있다. 승려인 브라만, 왕공 귀족인 크샤트리아, 평민인 바이샤, 노예인 수드라다. 네 번째 계급인 수드라 아래에 바로 불가촉천민이 있다. 이들은 어부나 백정, 청소부나 세탁부 일을 하는데, 고기를 먹는 인도의 원시 종족을 가리킨다고 했다.

불교 발상지인 인도에는 윤회 사상이 뿌리 깊어 사람들은 자신의 운명에 도전하려 하지 않고 주어진 계급에 안주하며 다음 생에나 잘 태어나리라는 안이한 관습이 있는 것은 아닌가 싶었다. 법적으로는 카스트 제도가 없어졌다고 하나 아직도 뼛속 깊은 관습과 의식 속에 불가촉천민들이 존재한다고 한다.

과자를 주어도 수줍어서 잘 받지 못하는 천진한 아이들 눈동자 속으로 등 굽은 성자 마하트마 간디의 얼굴이 지나갔다. 간디는 그 나라의 제도가 만들어 낸 불가촉천민을 신의 자녀들이란 뜻으로 '하리잔'이라 부르고 사랑했다. 이들의 해방을 위해 여러 해 동안 헌신했다. 생활 습관이 더러운 사람들을 가르치기 위해 자기 집 앞을 쓰는 일에서부터 목욕하고 이발하는 것까지 세세한 지도를 하며 정신 개혁에 앞장섰다. 그러한 노력 덕분에 지금 인도는 무서운 속도로 발전하는 나라 중의 하나가 되었다.

마지막 날 밤, 숙소인 호텔에서 인도의 또 다른 얼굴을 보았다. 호텔 후원에서 그날 밤 결혼식이 있다고 했다. 성지를 돌며 가난하고 궁핍한 사람들을 보아온 내 눈에는 분명 그랬다. 초저녁부터 우아하게 단장한 인도 여인들이 속속 조용히 몰려들었다. 교양 있고 부유하고 선택받은 사람들의 안정되고 고매한 표정들이다. 그날 밤 나는 708호실 후원에서 벌어지는 호화찬란한 결혼식에 초대받지 않은 손님으로 새벽녘까지 함께 했다.

창밖으로 날이 저문다. 끝없이 펼쳐지는 들판에 석양이 물들고 있었다. 그 빤한 길로 작은 낫 하나를 머리에 달랑 이고 두 팔을 흔들면서 집으로 가는 농부가 간다. 다섯 살쯤으로 보이는 아이부터 일곱, 아홉 이렇게 키 순서대로 한 줄 종대로 서서 물 길러 가는 아이들 모습이, 그들 머리에 인 반짝반짝 윤나는 스텐리스 물병들이 인상 깊게 다가왔다. 생존! 그것은 어떤 신분이거나 간에 신이 인간에게 부여한 가장 신성하고 거룩한 의무라는 생각이 들었다.

인도 여행 후 몇 년이 흐른 오늘까지도 이상한 당김으로 나를 유혹하고 있는 것은 하리잔들에 대한 풀지 못한 미련이 남아서인지도 모르겠다. 자신들이 하리잔이라는 사실을 알면서도 부끄러워하거나 누구를 원망하지 않고 맑은 눈으로 살아가는 그들. 인도에 계급적인 하리잔이 존재한다면, 내 안에는 정신적 하리잔이 존재하는 건 아닐까. 누구에게도 들키고 싶지 않는 비밀한 욕망도 그에 속하지 않을까.

열이틀의 인도 순례를 마치고 떠나올 때, 배탈이 나서 죽을 고생을 했다. 어디를 가나 코에 감기는 인도 냄새가 역겨워 한시라도 그 땅을 떠나지 않으면 죽을지도 모른다는 압박감이 나를 옥조이고 있었다. 길거리 아무 데서나 부르카를 쓴 사람들이 누워 자고, 먹이를 찾아 어슬렁거리며 뒷골목을 누비는 소와 돼지와 개들…… 사람이나 동물이나 경계가 없는 이상한 나라가 불결해서 나처럼 허약한 사람이 찾을 땅이 아닌 듯싶었다.

그러나 시간이 갈수록 새삼스레 인도의 매력을 되새겨 보게 된다. 이따금 인도가 그리운 날, 누에가 다섯 잠을 자고 고치를 짓듯 사념의 집을 짓고 싶은 날, 잠재우지 못하는 불확실한 탐욕이 무두질하는 날, 나는 그 오두막을 찾아든다. 그리고 쓰디쓴 소주로 속을 헹궈 내며 내 영혼은 소주잔에 뜬 갠지스 강물에 잠수한다.

치통과 총각 교수

폭염에 시달리던 지난 여름을 치통과 싸우며 보냈다. 폭염은 아침 저녁에 잠깐씩 말미를 주는데 치통은 염치가 없다. 이가 아픈데 어떤 이가 아픈지 모르겠고 얼굴까지 싸잡아 일그러지게 하여 통제력을 잃게 한다.

요즘은 병원도 토요 휴무라서 주말에 병이 나면 고생이 이만저만이 아니다. 그날이 마침 토요일이어서 일 년 중 가장 긴 이틀을 보냈다. 오밤중에 인터넷을 찾아 치통에 좋다는 민간요법으로 마늘을 구워 물어보고 뽕잎을 태워 물어보아도 차도가 없다. 달래 보고 얼러 보아도 타협 없이 쑤시기만 하는 이를 향해, 나도 이를 갈았다.

'낫기만 해 봐라, 몽땅 빼치우고 틀니를 하든가 무슨 수를 쓰고 말테다' 오기를 부려 보지만, 당장 밥을 못 먹으니 묽은 죽 흘려 넣는 일도 예삿일이 아니다. 안 죽고 살아야 이를 빼든 임플란트를 하든 조치를 할 텐데……

월요일 아침 다짜고짜 치과에 전화를 했다. 내 사정을 모르는 간호

사는 예약을 하지 않아서 진료가 어렵다고 한다. 성깔이 파르르 가랑잎에 불을 댕겼다. 누구 죽는 꼴을 볼 텐가 으르렁대면서 치과 문을 밀쳤다. 문 안에는 긴 의자 두 개가 기다리는 사람들로 꽉 차 있다.

토요일부터 아픈 사람들이 한꺼번에 몰려들었으니 그 사정이 내 사정이다. 월요일에는 병원에 가지 말라던 지인의 말이 실감이 난다. 서슬 좋게 들어가긴 했으나 오만상을 누비는 사람들 앞에 서자 내 오기는 슬그머니 꼬리를 내린다. 의자 끝에 간신히 걸터앉아 간호사 처분만 기다릴밖에.

연세가 든 안노인이 볼을 감싸쥐고 우거지상을 하고 있다. 그 옆 운동 모자를 쓴 젊은이는 눈을 지그시 감고 자신과 투쟁하는지 동자석 같다. 싱싱하게 젊은 여인이 하이힐 소리를 딸각거리며 진료실을 힐끔거린다. 입술연지를 짙게 바른 것을 보니 여유가 있어 보인다. 나는 내심 저 여인과 나의 순서를 바꿔 주면 좋겠다고 언감생심을 내본다.

진료실 네 개의 의자에는 턱받이를 한 환자들이 대기해 있고 기계 돌아가는 소리가 이 가는 소리처럼 오싹하게 들린다. 어느덧 시계가 11시를 가리킨다. 예약도 못한 주제니 오전 진료 중 꼴찌로라도 불러주면 황감하련만, 나는 스스로 비굴해질까 봐 어금니를 물고 신문에 눈길을 꽂는다. 손님이 들고나기를 거듭하던 어느 순간 내 이름을 부르는 소리에 구원받은 양 뛰어 들어간다.

이렇게 시작한 치과를 일주일에 두 번씩 두 달을 다녔다. 남자 의사 선생님 앞에 입을 있는 대로 벌리고 앉아 있는 일도 민망하고, 기계로

이 가는 소리도 끔찍해서 한꺼번에 팍 질러 버리면 안 되느냐고 물었다. 간호사가 "무슨 양잿물이라도 되남요?" 하며 눈을 흘긴다. 이제 통증은 가라앉고 치료를 하는 중인데 왼쪽으로는 씹지 말라, 술은 한 잔도 안 된다…… 치과 십계명이 엄하다. 죄수가 석방될 날을 기다리듯 나도 치료 끝나기를 고대했다. 그러던 중에 또 다른 통증이 왔다. 바로 옆 이가 또 말썽을 일으킨 것이다. 그날 치료는 나 혼자 한 시간을 잡아먹었다. 밖에서 기다리는 사람들이 웅성거리는 소리가 들렸다. 나는 아주 진이 빠져 버렸다. 거울을 보니 원체 미달인 몰골이 말이 아니다. 몸무게가 3킬로그램 빠졌다.

모든 통증은 낮보다 밤에 더 성해서 밤을 새우기 십상이다. 사위는 적막한 휴식에 쌓여 있다. 갑자기 가슴이 헛헛해진다. 모두 단잠에 빠진 이 밤, 우주의 미아가 된 느낌이다. 스물여덟 개 치아 중에 단 두 개의 앙탈로 온몸과 정신이 질서를 잃고 시달리는데 앞으로 닥칠 갖가지 통증은 어이할 것인가. 늙는다는 것은 그냥 모든 기능이 조용히 약해지는 것만이 아니다. 통증을 동반하고 더 나아가 정신적 공황에까지 이르게 할 수도 있다는 데 걱정이 미친다.

죽어간다는 의미가 새롭다. 지금 이 시각 저쪽 방에서 남편은 꿈길을 헤매고 있을 것이다. 낮에 안쓰러운 얼굴로 위로했대도 지금은 철저히 혼자다. 설령 그가 내 옆에 있다 해도 아픔을 대신해 줄 수가 없다. 이쯤 되면 존재 자체가 서글퍼진다. 낮에 의사는 나이 들어가는 과정이니 통증과 싸우지 말고 타협해서 사이좋게 지내라고 했다.

타협의 방법을 찾다가 백 년이라는 숫자에 감겨들어 『백 년의 나이테를 읽다』를 집어 들었다. 책 뒤표지의 글이 쉼표 하나를 찍어 주는 느낌이 들어서다.

> "이 땅에서 백 년이 넘게 살아온 '백세인들'이 우리 앞에 펼쳐 보이는 인생 지도를 따라 걷다 보니, 때로 놀랍고 신기하고 행복하고 가슴 아파서 울고 웃었다…… 비록 병들고 약해졌지만 주어진 인생을 끝까지 살아 내고 있는 '백 년의 나이테'를 가진 인생 선배들이야말로, 이정표이자 신호등이리라."

그 서양 노인네들은 백 세에서 백십칠 세를 살아오면서 만나는 모든 이를 사랑의 마음으로 대했다. 어떤 노인은 103세에도 새로운 사랑을 기다리고 오늘도 붓을 드는 100세의 화가도 있다. 그들의 공통적인 특징은 인내와 긍정적 사고에 열린 마음을 가지고 있었다. 호기심도 강한 데다 인심은 후하고 유머도 풍부하며 늘 세상과 접촉을 유지하며 살고 있었다는 것이다.

나는 어느덧 통증을 잊고 100세 노인들과 놀고 있었다. 그 가운데서도 갈색 코트에 갈색 바지, 푸른색 옥스퍼드 셔츠에 베이지색 니트 조끼를 받쳐 입은 온화하고 사려 깊은 표정의 노인, 바루치 대학 교수에게 빠져들었다. 그는 온갖 통증을 혼자서 겪어 냈고 고독이라는 정신적 통증과도 사이좋게 지내며 단 한 사람의 학생 앞에서 강의를 하는

101세의 멋진 노총각 현역 교수다. 나는 그의 깊은 눈을 향해 아픈 이를 질끈 물고 윙크를 보냈다.

임금님표 쌀 한 포

외출에서 돌아오자 경비실에서 택배로 온 물건을 내주며 쌀인 것 같다고 한다. 풀어 보니 이천에서 생산되는 '임금님표' 쌀이다. 가끔 택배를 받아 보기는 하나 쌀을 받기는 처음이라서 조금 생소했다. 보낸 사람을 확인한 순간 지난여름 받은 원고 청탁서 생각이 났다.

경기도 이천에서 '청미'라는 이름의 문학회로 열심히 활동하는 분들이 있다. 그곳 회장님이 원고 청탁서를 보내며 형편이 어려워 원고료를 쌀로 보내겠으니 양해해 달라고 한 기억이 떠올랐다.

임금님표 쌀 한 포대를 마주하고 앉아 있으려니 음성 청결 고춧가루 봉지와 오버랩된다. 음성문인협회 기관지인《음성문학》을 내는데 초대석 원고를 부탁해 달라는 청을 받았다. 나는 제일 먼저 귀한 원고를 얻으려면 그만큼 작가의 노고를 대접해야 한다고 못을 박았다. 말은 그렇게 했으나 책 출판비도 어려운 형편을 알고 있기에 좋은 방법이 없을까를 함께 고심했다. 그때 머리를 짜낸 결과가 바로 음성 청결 고추였다. 음성의 특산물인 청결 고추는 농산품 파워 브랜드 대전에서 5회 연속 수상했고 2005년 울진 세계 친환경 엑스포 품평회에서 대상과 전국 으뜸 농산물 품평회에서도 대상을 차지했다. 어디 내놓아도 손색이 없는 웰빙 농산물이다. 이렇게 해서 초대 글을 주신 원로 선생님들께 출판된《음성문학》과 함께 음성 청결 고춧가루를 구입해서 동봉했다. 반응이 아주 좋았다.

한 편의 글을 쓰기 위해 여러 날을 고심했을 정신적 부담감과 노고에 비한다면 너무 약소한 것은 분명하다. 그럼에도 잘했다고 격려를 주신 것은 문학의 향상을 위한 후배들의 고심참담을 귀하게 여겨 주신 것이리라 짐작한다. 작가의 위상은 작가들 스스로가 높여야 한다.

임금님표 쌀 한 포대를 바라본다. 저 포대 속에는 농부들의 정성과 땀방울이 알알이 맺혀 있을 것이고 문학을 아끼고 사랑하는 분들의 안타까운 문학 사랑이 배어 있을 것이다. 그렇게 해서라도 지역의 문학을 가꾸고자 하는 열망이 원고지 칸칸으로 차오름을 확인하며 내 가슴에도 작은 희망의 불씨가 살아나고 있다. 다시 가을이 오고 있다. 올 여름 이상 기후와 맞서 싸우며 어렵게 농사를 지은 농부들의 손길이 분주하다. 고추가 탄저병으로 많이 죽어 고추 값이 다락같이 올랐다는 소비자들의 근심어린 목소리 뒤에 빈손으로 선 농부들의 한숨소리가 섞인다.

가을이면 글 쓰는 동네에서도 수확으로 분주해진다. 일 년 동안 심혈을 기울여 쓴 작품들을 모아 각 시군마다 협회 주관으로 문학지를 출간하는 일이다. 대부분의 편집자들은 타지의 문단 선배들의 귀한 작품을 초대석에 모시는 일에 고민한다. 원로 작가들이 당 잡지에 글을 썼다는 것은 그만큼 잡지의 위상을 높여 주기 때문이다. 그러나 그 일이 만만치 않다.

총 출판비도 군에서 배당받는 액수로는 불가능하여 회원들이 주머니를 풀어 충당하는 경우가 허다한 판에 외부 작가들에게 원고료를 지불한다는 것은 언감생심이다. 궁여지책으로 쌀 한 포가 오고 고춧가루가 가는 풍경을 연출해 내는 것도 우리 문단사에 따뜻한 이야기로 남을 것이다.

은화隱花

멀리서 종소리가 울린다. 뎅 뎅 뎅 데엥…… 요즘 시도 때도 없이 내 안에서 울려 퍼지는 종소리로 해서 일손을 놓을 때가 많다. 이 증상은 〈위대한 침묵〉이라는 영화를 보고 온 후부터 생긴 게 아닌가 싶다.

언제부턴가 마음이 심한 갈증에 시달리고 있었다. 가뭄에 타들어 가는 논바닥 모양 영성의 논이 균열하는 소리가 들렸다. 영혼을 적시는 음악에 깊이 빠져보고 싶고 깊이를 알 수 없다는 묵상의 심연으로 침잠하고도 싶었다. 나는 도대체 어떤 인간인가라는 물음은 오랫동안, 때로는 순간순간 나를 몰아치는 폭풍이었다.

미련도 후회도 남지 않는다는 황혼의 언덕에서 이 무슨 해괴한 충동인지 가늠이 안 되었다. 기도를 하거나 사람들과 어울려 살아도 마음은 메마름으로 치닫고 있을 즈음, 신문에서 영화에 대한 기사를 보았다.

1084년 설립 이후 세계에서 가장 엄격한 규율로 유명한 카르투지오회 수도사들이 900년 동안 이어오며 살아가는 일상을 찍은 영상이라

했다. 감독은 1984년 침묵으로의 여행을 기획하고 수도원에 촬영 의사를 전달했으나 지금은 때가 아니고 때가 되면 연락을 주겠다는 답변을 들은 지 19년을 기다려서야 영화를 찍을 수 있었다고 한다. 허락을 받고도 촬영 조건이 까다로웠다. 이를테면 혼자서 찍고 작업할 것, 수도원에서 수도사들과 함께 생활하며 인위적인 어떤 조명이나 음악도 쓰지 않아야 한다고 못을 박았다.

긴 여운 끝으로 눈 덮인 알프스 계곡의 십자가 종탑이 다가온다. 종소리를 따라 화면이 열리면 문틈으로 흘러드는 빛이 절제된 구도의 실내를 비추면서 기도하는 수도사의 옆얼굴을 드러낸다. 이 모습은 영화 내내 간주곡처럼 수시로 나왔다. 눈 덮인 알프스의 고즈넉한 고요가 평화롭게 수도원을 감싼다.

화면에는 "주님께서 이끄셨기에 제가 이곳에 있나이다." 하는 자막이 지나간다. 소단원이 끝나고 새로운 단원이 시작될 때마다 "자신의 모든 것을 포기하지 않는 자는 나의 진정한 제자가 될 수 없다."라는 두 문장이 번갈아 가며 주의를 환기시킨다.

수도사들은 삶 자체가 기도다. 먹는 일도 종치는 일도 고양이에게 밥을 주는 일도 모두 기도다. 식사도 대축일에만 큰 식당에서 함께하고 날마다 각자의 독방에서 한다. 식사 당번 수사가 바퀴 달린 손수레에 식사를 싣고 와서 칸칸마다 손바닥만 한 문을 갈고리로 열고 식사를 넣는다. 이건 영락없는 죄수다. 최소한의 식단으로 죽지 않을 만큼만 먹는다. 땅바닥에 끌리는 무거운 수도복과 두건을 쓰고 이층 삼층으로 오르내리며 세탁하고 장작 쪼개고 종치고 기도하고 머리를 깎는 일상, 그들에게는 침묵이 생활이다. 수시로 혼자 기도하고 모여서 성무일도를 바치고 그레고리안 성가로 찬미 드리는 삶이다.

거의 세 시간 가까이 영화에 빠져서 나는 수도사들에게 묻고 또 묻고 있었다. 왜, 무엇 때문에 모든 것을 포기하고 감방 같은 그곳에 사느냐고. 저 넓은 세상이 보이지 않느냐고, 본능을 포기하고 자아를 내던지고 가족과 세상으로부터의 유대를 끊어 버리고 궁극적으로 바라는 것이 무엇인가 하고. 그 물음은 영화가 끝날 때까지 화면을 향하여 이어졌다.

나는 그런 분들을 또 알고 있다. 알프스가 아니라 우리나라 곳곳에서 세상과 격리되어 스스로 유폐시키고 사는 분들이다. 바로 가르멜회 수도사들이다. 세상의 잣대로는 그들의 삶에 대한 해답이 없다.

누가 자기를 더 많이 알아주기를 바라고 가진 것, 아는 것을 드러내기를 원하고, 인정받고 싶어 하는 것이 보통사람들의 보편적인 욕망일진대 어찌하여 그분들은 숨고 아주 숨어 무無가 되기를 원하는 것일까. 더구나 내면적으로 완전히 자기를 버리는 삶이 가능하기는 한 것일까, 나는 묻고 싶었다.

그런 나에게 '위대한 침묵'의 수도사들이 답을 준다. "주님께서 이끄셨기에 제가 이곳에 있나이다." 그곳이 알프스의 수도원이건 서울 복판이건 시장통이건 지금 내가 있는 여기는 바로 님이 나를 선택하여 부르신 곳이라는 확고한 결론을 얻는다. 내가 있고 싶어서 있는 것이 아니라 당신께서 보내셨기에 여기 있으니 여기 사는 것도 당신이 책임지고 이끌어 주실 것이라는 그 믿음, 그 사랑은 얼마나 아름다운 신탁인가. 나를 목마르게 하는 것은 바로 이 신탁의 문제가 아니었나 싶다. 온전히 맡기지 않으면 온전히 얻을 수 없는……

그분들은 알프스 골짜기에 숨어 피는 꽃, 은화였다. 세계 곳곳 한국 땅 곳곳에 숨어서 피는 꽃들, 때로는 사하라의 사막으로 숨어들어 은수자가 되어 사는 꽃들, 그래서 영성 깊은 수도자들은 이분들을 일러 가톨릭의 심장이라 하는 것일 게다.

그 꽃들은 사람을 위해 피는 꽃이 아니다. 깊이깊이 숨어서 단 한 분, 님의 눈길이 닿기만을 바라서 기도의 옷으로 영혼을 단장하고 침묵으로 피는 꽃이다. 눈물겨운 수도의 정점에 맞이하는 님과의 합일을 체험하는 순간 죽어도 좋을 천국의 기쁨을 느끼는 것이 아닌지. 지금도 그 종소리 여전하고 청빈의 삶 여전하고 그렇게 숨어서, 숨어서 은화는 피고 질 것이다. 아무도 모르게.

소금 바람

망망한 바다에 눈발이 자옥하다. 영상 3도라는 일기예보에도 불구하고 새벽부터 분분한 눈이 길에도 나무에도 가볍게 쌓인다. 식당 무쇠 난로에는 통장작이 타고 있다. 둘러선 사람들 틈에서 곁불을 쬐다가 나는 눈 때문에 꽃들이 얼어 죽겠다고 걱정을 했다. 바다를 바라보고 있는 리조트 꽃밭의 수선화와 바늘꽃, 데이지의 가녀린 꽃 자태가 눈발에 덮여지는 것을 안타까워하는 나에게 제주도 운전기사는 소금바람이 불어와 금방 눈을 녹여 주니 걱정하지 말라고 한다.

겨울 복판에도 노지에 꽃이 핀다는 사실을 신기해하는 나는 여기 사람들이 말하는 뭍사람이다. 연일 영하권으로 질주하는 기온에서 웅크리며 살다가 일주일째 보는 이곳 날씨의 변화는 이상하기만 했다. 눈이 오는가 하면 햇볕이 나고 금방 빗방울이 듣는다. 진눈깨비와 함박눈이 섞바뀌 가며 다채롭게 펼쳐지는 기상 변화를 보면서 바다에 의지해 먹고 사는 섬사람들의 애환이 설명 없이도 가늠되었다.

아침 식사를 마치고 나서자 꽃들 위로 소복하게 덮였던 눈들이 가장자리부터 녹기 시작했다. 한 시간도 채 못돼 꽃들은 처음 보았던 그 아리아리하고도 처연한 얼굴이 되어 있었다. 기사의 말대로 소금 바람이 어루만져서 그리된 모양이다.

소금 바람은 바다에서 불어 오는 소금기를 품은 바람이다. 이 바람 때문에 공기가 습해져서 쇠붙이의 부식을 재촉한다는 이야기를 들었다. 그럼에도 나는 오늘 아침 소금 바람이 눈을 녹여 준다는 사실에 적이 안심하며 오래전에 어떤 수사님이 들려주신 이야기 속으로 빠져 들어갔다.

먼 옛날 소금 인형이 살았다. 처음으로 바다를 보게 되던 날 소금 인형은 바다가 무엇인지도 모르고 사랑에 빠졌다. 소금 인형이 물었다.

"바다야, 너는 뭐니?"

"난 바다야, 나를 알고 싶다면 네 발을 담가 보렴."

바다를 알고 싶었던 소금인형은 발을 바다 속으로 밀어 넣었다. 그러나 바다를 알 수는 없었다. 담근 발만이 바닷물에 녹아 내렸다.

"바다야, 그래도 난 너를 모르겠어."

"그러면 온몸을 던져 보렴." 바다가 대답했다.

소금 인형은 너무 겁이 났지만 바다를 사랑했기 때문에 망설이지 않았다. 이윽고 바다에 몸을 던진 소금 인형은 형체도 흔적도 없이 사라져 버렸다.

시간이 흐르고 사람들이 그에게 물었다.

"소금 인형아, 넌 누구니?"

"음, 나는 바다야!"

"그럼 이제는 바다를 완전히 이해했니?"

"아니, 그래도 다는 아니야."

지금 꽃들은 눈으로 씻긴 얼굴에 미소가 해맑다. 간밤에 울부짖던 바다의 포효도 아침내 퍼붓던 함박눈의 기습도 두렵지 않다. 꽃들은 바다의 품을 알고 있기 때문일 것이다.

해를 품은 바다가 빚어 내는 표정은 무궁무진했다. 첫날 방파제에 섰을 때, 바다에는 수천 조각의 은비늘이 반짝이고 있었다. 먼 태평양에서 헤엄쳐 온 은어 떼들이 은사를 풀어 내며 노니는 것 같았다. 그때부터 내 감관은 바다의 포로가 되어 순간순간 창 앞에 섰다. 구름이 덮어 수평선조차 가늠하기 어렵게 시무룩하다가 부챗살 모양으로 퍼지는 빛줄기로 하여 바다는 큐피드의 화살을 맞은 가슴처럼 요동을 치기도 했다. 화살 맞은 밤바다가 은밀하게 달빛과 몸을 섞고 나면 새벽 바다는 은회색 이불 속에 수없는 파도 새끼를 순산한다. 그 생명력 넘치는 야성의 바다, 포효해도 뛰어들고 싶은 넉넉한 품이 바로 사랑이라는 사실은 단순하고 신선하다.

밤이면 바다는 일을 한다. 모두가 잠자는 깊은 밤에도 바다는 집어의 등을 밝힌 어선을 두 손에 받쳐 들고 고단한 어부들의 팔뚝에 펄펄 튀는 고기를 안겨 준다. 바다가 일하는 동안 뭍사람들은 자중하여야 할 것이다. 생명을 내놓고 일하는 사람들의 수고를 기억해야 할 것이다.

짬이 허락될 때마다 밖으로 나가 바다를 향해 섰다. 거기 생명이 있었다. 살아 꿈틀대는 바다에서 세상의 바다가 열렸다. 아득한 바다에 출렁이는 파도인 개체는 저마다 얽히고설킨 인연의 끄나풀로 이어졌다는 법정 스님의 인연 이야기가 새삼스럽게 가슴으로 파고든다.

신앙이란 무엇인가, 오늘 아침 바다는 나에게 그것을 물었다. 불변의 진리를 믿는 것이 신앙이라고 사람들은 가르친다. 그러나 나는 신앙은 바로 사랑이라는 생각을 한다. 소금 바람이 나무의 진을 말린다 해도, 꽃대궁을 쓰러뜨리고 자동차를 녹슬게 한다 해도 살아 있는 꽃들의 사랑과 믿음은 변하지 않는다. 소금 인형이 제 몸 녹는 줄 모르고 빠져든 바다, 그래서 바다가 되었어도 소금 인형은 존재하는 이 불가사의한 사랑의 신비를 나는 제주도 바닷가에 와서 비로소 깨닫는다.

우주 만물 속에 가득하신 님, 그 숨결이 귓가에 속삭이는 말씀을 듣는다. 나는 신이지만 네 안에 있고 너는 사람이지만 내 안에 산다. 너는 나를 다 알지 못하지만 나는 너를 속속들이 알고 네가 품는 생각까지도 알고 있다. 한시도 네게서 눈을 떼지 않는 나를 너는 아느냐? 꽃잎 한 장도 내 사랑 안에 머문다는 것을.

바다를 영접한 나는 소금 인형이다. 소금 바람을 알고 있는 한 송이 수선화다. 끝없이 무엇인가를, 누구인가를 기다리며 살아도 지치지 않는다. 두려워하지도 않는다. 생애를 다해서 물어온 물음을 침묵으로 일러 준 바다에게서 '최선의 님이 최선의 길로 이끄셨으니 지금 내가 이곳에 존재한다.'는 비밀번호를 건네받은 이 하루, 축복이다.

묵은지 같은

여자 일생은 김장 서른 번이면 끝난다는 말이 있다. 서른 번이 뭔가, 올해로 오십 번째 김장을 엊그제 해 넣었다. 애기를 낳는 일부터 부부 싸움까지 혼자는 도저히 못하는 것이 또 있으니, 바로 김장이다.

먼 옛날부터 겨울 삼동 양식이라고 집집마다 김장하는 일을 연례행사로 다룰 만큼 우리 식생활에 큰 비중을 두었다. 그것이 지금은 건강 발효 식품으로 세계적인 음식이 되고 있다. 이름도 일본에서는 기무치라 하고 미국에서는 킴치라고 한다던가.

올 김장은 남편과 단둘이서 했다. 해마다 이웃들 불러 잔치처럼 하던 것을 조용히 한 데는 배추 농사를 망친 데다 이제는 기운이 부친다는 핑계까지 합쳐 오물짝오물짝 둘이서 해치웠다.

시퍼런 배추를 소금물에 절이고 씻는다. 고춧가루로 속을 버무려서 김치통에 넣어 한두 달쯤 지나면 배추가 억센 기를 내리고 다소곳해진다. 온갖 양념을 수용해서 서로 조화를 이룬다. 그걸 유식한 말로 발효라고 한다. 이외수 선생은 『하악하악』에서 "시간이 지나면 부패

되는 음식이 있고 시간이 지나면 발효되는 음식이 있다. 인간도 마찬가지다. 시간이 지나면 부패되는 인간이 있고 시간이 지나면 발효되는 인간이 있다."고 했다. 나는 이 말을 사람 사는 세상의 모임에도 적용해 본다. 처음에는 의기 투합해서 모임을 만들지만 시간이 지나면서 아웅다웅 시시비비하다가 저절로 무너지는 모임이 있고, 그 기회를 잘 넘겨 묵은지 같은 모임이 되기도 한다.

내가 30년 넘게 몸담고 있는 '뒷목 문학회'를 사랑하는 것도 이 묵은지 같은 정 때문이다. 30년이 넘는 세월을 곰삭은 우정으로 받쳐 주니 나 같은 생무지는 고마울 밖에……

1981년쯤이었다. 《한국수필》로 등단을 한 촌 여자가 데면데면 어색하게 폼 잡고 다닐 때였다. 어느 분 소개인지는 기억나지 않지만 청주 어떤 음식점에서 모임을 하는데 아주 잘생기고 씩씩한 남자가 다가와 악수를 하며 반겨 주었다. 나는 그만 뻥 갔다. 나중에 알고 보니 지금의 《동양일보》 조철호 회장님이었다. 이렇게 시작된 만남이 시간을 거듭하며 깊어갔다. 안수길, 조성호, 한병호, 지용옥, 박희팔 윤상희 회장님들과 유영선, 한상남 시인으로 이어지며 문학인의 진정한 아름다움에 도취했다. 솔솔 재미가 났다. 듣지도 보지도 못했던 문학 이야기에 정신이 팔리고 내가 근사한 무엇이 된 것 같은 착각에 빠지기도 했다.

지금 생각하면 그때 나는 밭에서 금방 뽑아다 놓은 배추였다. 그냥 두면 밭으로 기어갈 기세인 생배추, 그 배추가 좋은 선생님들을 만나면서 조금씩 결이 삭아지고 배움에 눈뜨면서 문학의 안목을 익혀 갔다.

그런 꿈 같은 밀월은 잠시, 1984년도에 서울로 이사를 했다. 생면부지 서울 생활이 힘들었다. 사람을 쉽게 사귀지 못하는 천성에다가 건강도 부실하니 스스로 위축되었고, 세련되고 우아한 여성 작가들을 보면 무언지 자꾸 켕기는 거였다. 그때 나의 탈출구가 '뒷목문학회'였다. 모임 소식만 오면 시간 불고, 체면 불고 도망치다시피 다녀와야 숨길이 터졌다. 한상남 시인과 고속버스 터미널에서 만나 청주로 잠행을 감행하던 짜릿한 쾌감을 잊을 수 없다. 거기에는 묵은지 같은 문우들이 스스럼없이 반겨 주었고 실수투성이라도 하하 웃어넘겨 주었다. 마음이 편했다. 만남이 좋았다.

서울살이가 자리 잡히면서 한동안 청주 나들이가 뜸했다. 10년을 뜸하게 살다가 귀향하면서 나의 목마름은 활기를 찾았다. 그 사이 식구도 늘고 노인정 같다던 모임이 젊어졌다. 우리 문우님들 머리에는 서리가 앉고 내 등은 굽어지기 시작했다. 그래도 중국 연길로, 백두산으로, 국내 남해 쪽으로 여행하면서 참 많이 웃고 재미있어 했고 알게 모르게 의지했고 사랑하게 되었다.

묵은지는 쓸모가 많다. 김치찌개, 만두소, 고등어조림에 돼지뼈찜까지 안 들어가는 곳이 없다. 우리 뒷목 회원님들은 지금 충청도내는 물론 전국적으로 문학적 기량을 발휘하고 있다. 그보다 귀한 것은 모두 잘 발효된 인격으로 자기 삶을 알차게 가꾸고, 하는 일에 일가를 이루었으니 더 바랄 게 무엇이랴.

'뒷목'의 사전적 뜻은 '타작할 때 북데기에 섞여 남거나 마당에 흩어져 남은 찌꺼기 곡식'이다. 모두 서울이 좋다고 올라가 버려도 고향을 지키며 문학 발전에 일익을 담당하는 뒷목 가족들, 자주 만나지 못해도 같은 하늘 아래 살아 있다는 것만으로도 축복이 되는 그들이 자랑스럽다.

나는 오늘도 햇김장은 밀쳐 두고 잘 익은 묵은지를 꺼내 돼지고기 보쌈을 쌀 참이다. 나는 부패하고 있는 걸까, 발효하고 있는 걸까. 고기를 씹으면서 생각을 씹어 볼 요량이다.

생명이 있는 뜰

우리 집 농막. 뒤로는 오성산이 나지막이 엎드려 있고 앞으로는 음성 읍내가 한눈에 들어오는 서향집, 다 낡은 구옥이 내 창작의 밀실이다. 봄부터 가을까지 자잘한 채소를 키워 먹고 과일나무 서너 그루씩 흉내만 내는 미니 과수원이다.

지금 밖에는 태풍이 몰고 온 비가 종일 내리고 있다. 산자락이거나 계곡을 피하라는 텔레비전 보도가 있었지만 몇 그루 안 되는 과일나무와 늙어 쇠잔한 농막이 걱정이 돼서 올라왔다. 밭고랑에 수로를 따주고 처마 밑에 고무통을 놓아 물난리가 나지 않게 손을 보고 소파에 앉는다.

여기에 농막을 지은 것은 33년 전이다. 동네 가운데 편리하고 넓은 집을 두고 길도 변변치 않던 산다랭이 과수원에 집을 지은 것은 순전히 남편의 배려였다. 사람들 속에서 더 외로움을 타는 나는 과수원에 오면 생기가 돌았다. 하루 종일 혼자 있어도 심심하지 않고 풀을 뽑아도 사과나무 열매솎기를 해도 즐거웠다. 이런 별난 여자를 위해 힘든

건축을 시작할 때 사람들은 이해할 수 없다는 시선을 보냈다. 벽돌을 실은 트럭이 들어올 수 없어 일꾼 둘이 두 달을 손수레로 벽돌을 날라 지었다. 인도에는 세상을 떠나는 아내가 세상에서 가장 아름다운 무덤을 지어 달라는 왕비의 청을 들어 2만 명의 노예들을 부려 22년 간 '타지마할'을 지은 사자한 왕이 있지만, 우리집 남편도 그에 못지않는 열정으로 이 집을 지어 주었다. 비록 초라한 누옥이지만 누군가를 위해 열정을 다 바쳐 지었다는 점에서는 부족할 게 없다.

나는 사람보다 과수원이 좋아서 이 길을 택한 여자다. 사과나무의 사계에서 사람살이의 이치가 보였고 작은 우주를 느꼈다. 이곳을 창작의 밀실로 치는 이유다. 생각이 엉킬 때 여기로 오면 정리가 되고 몸이 나른할 때 풀을 뽑고 땀을 흘리다 보면 생기가 돈다. 처음 글을 쓴 곳도 여기고 등단의 기쁜 소식을 들은 곳도 바로 여기다. 뿐만 아니라 첫 수필집 『몸으로 우는 사과나무』의 배경이 여기고 문력文歷 40년에 서울살이 10년을 뺀 나머지 시간의 켜가 여기에 쌓여 있다.

많은 문필가들이 책이 쌓여 있는 공간에서 점잖게 글을 쓰는데 나는 작업복에 호미를 들고 글을 쓴다. 서재가 있기는 하다. 아파트의 구석방이 내 공부방인데 거기서 나온 글은 별반 없다. 고구마를 캐면서 글감이 생기면 가을 내내 고구마만 생각한다. 고추를 따면서 고추밭 고랑에 글의 씨가 떨어지고 밤 이슥토록 고추를 고르는 이웃들의 굽은 등이 내 원고지 칸칸에 머문다. 아마도 나보고 아파트에서만 살라고 했으면 노상 아프고 속이 허해서 베겨내지 못했을 것이다. 나는 태생이 야생이니까.

이 뜰에는 생명이 있다. 해마다 지하실 헛간에서 새끼를 치는 새가 있고 배가 만삭이 되어 잠자리를 찾아드는 도둑고양이도 있다. 머지않아 고양이는 대여섯 마리의 새끼를 거느리게 될 것이다. 얼마 되지 않는 땅콩 골을 제집 드나들 듯이 쑤셔 대며 여물어 가는 땅콩을 따 먹는 두더지와 한창 나풀거리는 김장 배추와 열무 싹을 모조리 잡수시는 뒷산 고라니도 여기 식구다. 내 귀가 시원치 않아 그렇지, 밤이면 울어 대는 풀벌레 소리는 가히 원초 오케스트라라고 해도 틀리지 않을 것이다. 아파트에서 생활을 하면서 틈틈이 들르다 보니, 실은 집을 통째로 쥐들에게 전세를 준 격이 되었다.

틈틈이 메모를 한다. 밭고랑에서, 장화 신고 뒷산에 밤을 주우러 가서도 봄이면 다래순이나 홑잎을 따러 가서도 메모를 한다. 이렇게 일하며 모아진 생각들이 고고성을 울리는 곳도 바로 여기다. 달력 이면지나 광고지 이면지를 잔뜩 쌓아 놓고 초벌을 쓴다. 어느 한순간에 벌어지는 분만 작업이다.

이런 이유로 이곳에는 누구도 방문객을 환영하지 않는다. 가장 편한 차림으로 누구의 시선도 받지 않고 자연과 내가 온전히 하나 되는 밀실, 노동과 사유가 교신하는 비밀의 방이기 때문이다. 깊어 가는 가을밤, 묵직한 책 한 권 펼쳐 놓고 스탠드를 밝히면 밤바람 소리만 유리창을 흔드는 적요가 어찌 그리 충만한지, 이제는 두려울 것도 애태울 것도 없는 깊은 평화다. 세상 모든 문학 작품들은 깊은 외로움에서 싹

텄다 하지 않던가.

올해는 갑자기 강의가 늘어 일주일에 일요일밖에 오지 못했다. 그런 연유로 꽃밭도 풀밭이고 마당도 풀밭이다. 아예 '풀의 집'이다. 뒷산을 오르는 이들이 지나다가 빈집인가 싶어 들마루에 앉아 저들끼리 주고받는 이야기들.

"이집 사서 싹 뭉개고 전원주택을 지었으면……."

"주인이 어디 갔나, 온통 풀 천지라……."

"경치 하나는 끝내 주네. 펜션 지으면 사업되겠는데……."

경제 논리로 따지면 우리가 무능한 사람들일지 모르지만 정신적으로 치면 꽤 괜찮은 사람들이라고 자부한다. 물질보다는 마음에 비중을 두고 자연과 하나 되는 가치관을 가지고 사는 연유다. 사실은 능력이 없어 전원주택을 보기 좋게 올리지 못하지만 지금 이대로가 더 정겹고 나답다는 생각이 드는 것은 또 어인 일인가.

언젠가 둘이서 사과나무 밑에 풀을 뽑으며 남편에게 말했다. 내가 먼저 떠나거든 재로 남겨 이곳에 뿌려 달라고. 몸으로 운 건 1970년대 과수 농부 당신이지만 마음으로 울며 산 나는 영원히 사과나무로 남고 싶다고. 여기는 반숙자의 창작의 밀실, 내 수필의 자궁이다.

아름다움의 힘

낙타가 눈물을 흘렸다. 불안하고 날카롭던 눈이 안정되면서 큰 눈에서 소리 없는 눈물이 흘러내렸다. 이 낙타가 사는 곳은 초원을 배경으로 한 몽골의 낙타 농장이다. 새끼를 낳았는데 젖을 주지 않을 뿐더러 새끼가 가까이 오면 뒷발질을 하고 머리로 뜨려고 공격하는 어미 낙타다.

사람을 비롯한 모든 생물에는 모성이라는 독특한 피 당김이 있다. 어떤 경우에도 새끼에 대한 보호 본능이 있어 신이 인간들을 다 돌볼 수 없어 대신 어머니를 주었다는 말도 있다. 그만큼 모성은 특별한 유대로 짜여 있다. 그럼에도 어떤 낙타들은 새끼를 노골적으로 공격한다. 농장 주인은 작대기를 들고 그 낙타를 말려 보기도 하고 귀를 잡고 등을 쓸어 주며 다독거려도 보나 허사다.

이때 몽골 젊은이가 마두금을 울려 주었다. 처음에는 막무가내이던 낙타가 차츰 안정을 보이면서 눈빛이 순해지더니 드디어 눈물을 흘렸다. 새끼가 어미 품으로 파고들어 젖을 먹어도 가만히 있다. 사나웠던 낙타의 심금을 두드린 것은 무엇일까. 고개를 갸웃거렸다. 이튿날 아침에서야 둔한 머리로 그 이유가 마두금의 슬프고 아름다운 음향 때문일 거라는 깨달음을 얻는다.

발레의 고장 러시아에서 〈호두까기 인형〉을 관람한 적이 있다. 크리스마스 저녁을 배경으로 펼쳐지는 소녀의 꿈을 소재로 한 작품을 나는 5월에 보았다. 원작은 독일의 낭만파 작가인 E.T.A 호프만의 동화『호두까기 인형과 쥐의 왕』이라는 동화의 줄거리를 프랑스의 극작가 알렉산더 뒤마가 각색한 것이다. 여기에 차이코프스키가 곡을 붙였다. 지금부터 200년 전에 러시아 상트페테르부르크 마린스키 극장에서 초연되었다고 한다.

내가 앉은 극장이 마린스키 극장이 아니어도 괜찮다. 그 땅에 와서 200년 전의 예술가들의 숨결을 느끼며 한 소녀가 되어 발레를 보고 있다는 사실에 흥분하고 있다. 처음에는 발레리나들의 현란한 무도복과 동화적인 분위기에 감탄했다. 은은한 조명이 비치는 무대 위에서 음악에 맞춰 한 마리 새처럼 나비처럼 날아오르고 내려앉는 동작을 보며 그 우아하고 세련된 몸짓에 매료되었다. 서서히 음악이 가슴을 파고들고 경쾌하고도 유연한 표정 깃든 동작 하나하나에 의미 부여를 하며 환상적인 꿈으로 빨려들었다. 대사 한 마디 없이 내면으로 전이되는 감동의 물결은 잔잔하고도 감미로웠다.

그때 관람석을 메운 관객들이 남녀노소를 막론하고 환상적인 동화의 화려한 춤으로 빨려들어 가는 모습을 보며 아름다움에 대해 감히

성스럽다는 생각을 했다. 누가 있어 수백 명의 사람들을 한 끈으로 묶을 수 있는가.

지난 2월 16일 김수환 추기경께서 선종했을 때, 우리는 참으로 아름다운 광경을 목격했다. 스스로를 바보라 칭하신 그분은 가난한 수도자요, 사제이고 종교계의 큰 어른이실 뿐 국가의 통치자나 세력가가 아니었다. 그럼에도 추운 날씨에 명동성당에 안치된 그분을 보기 위하여 사람들이 전국에서 모여들었다. 신자이건 비신자이건 구별 없이 남녀노소, 가진 이나 가난한 이나 명동성당으로 모여든 39만 명을 육박하는 추모의 물결은 장대하였다. 누가 있어 이들을 말릴 수 있을 것이며 누구의 명령으로 이들을 모아들일 수 있겠는가. 또한 추기경의 각막 기증에 감동받아 사랑은 사랑을 낳아 신체 기증자가 줄을 섰다.

나는 장례 기간 동안 조용한 기적을 체험하며 아름다움에도 힘이 있다는 것을 절감했다. 사람들은 본능적으로 아름다움에 이끌린다. 또한 이끌리고자 하는 욕구가 있다. 이번 일을 보면서 청빈하게 몸으로 살다 간 수도자의 끝마무리를 범국민적으로 애도한 것은 그만큼 우리에게 맑은 아름다움이 결핍되어 있었기 때문이 아닌가 생각되었다. 아름다움은 감동을 주고 사람을 변화시킨다.

성당 담벼락 위에 현수막이 펄럭이고 있다. "사랑합니다. 용서하세요" 이 글은 김수환 추기경이 세상을 떠나시며 남긴 말씀으로 오늘도 우리의 마음을 두드리고 있다.

2

길 위에 집을 짓고

예술가의 뒷모습

어떤 그림을 보고 신비로운 영감에 사로잡혔다면 그것은 화가의 소관일까 감상자의 소관일까. 알이 먼저냐, 닭이 먼저냐와 같은 부질없는 의문이겠으나 이런 생각을 하게 하는 화가가 있다. 시대를 초월하여 사랑받는 판화가로 바로크 시대를 빛낸 렘브란트, 그는 네덜란드 역사에서 가장 중요한 화가라는 평을 받는다.

그의 그림을 처음 본 것은 20대였다. 오래 입원한 병원 복도에서 그림의 제목도 모르는 어떤 그림을 보고 위로와 평화를 얻은 일이 있다. 환자였기에 그럴 수도 있겠으나 그날의 감동은 오랫동안 지워지지 않았다. 그 후 어디서도 다시 보지 못하고 마음이 고달프거나 삶에 지칠 때, 어디론가 돌아가서 심신을 쉬고 싶다는 생각이 들 때면 막연히 그 그림이 생각나는 거였다. 그로부터 렘브란트는 마음속에 성역으로 존재하게 되었다.

지난 2003년 국립현대미술관과 동아일보가 공동 주최한 전시회가 있었다. 신문에 난 〈렘브란트와 17세기 네덜란드 회화전〉이라는 타이틀만 보고도 반가워 시골에서 버스를 타고 상경하였다. 덕수궁 미술관에서 대표 화가 44명의 출품작 50점을 둘러보고 허탈하게 돌아왔다. 당시 렘브란트 그림은 단 두 점 〈깃 달린 모자를 쓴 남자〉와 〈웃고 있는 남자〉로 그토록 보고 싶어 했던 그림은 아니었다.

간절한 열망은 바위도 뚫는다던가, 뜻밖에 그 그림과 조우한 것은 육십 대에 이르러 러시아의 상트페테르부르크의 에르미타주 미술관에서였다. 복제본이 아니라 화가의 붓 터치까지 느낄 수 있는 대형 진본 앞에 섰을 때 나는 눈을 씻고 또 씻었다. 20대 때 병원 복도에서 보고 이상한 위안을 얻었던 그 그림이 렘브란트의 〈돌아온 탕자〉라는 것을 비로소 알고 얼마나 흥분했던가.

내가 그림 앞에서 40여 년 전을 떠올린 것은 그 영감의 실체를 보았기 때문이다. 아버지와 아들은 불가분의 관계다. 그림에 등장하는 인물들을 통해서 돌아갈 곳이 있는 자의 축복을 생각했고, 어떤 경우에도 용서하고 사랑으로 기다려 주는 아버지라는 존재에 대한 새로운 눈뜸, 바로 그것이었다. 아버지의 표정으로 떨어지는 빛의 처리와 대상에 대한 집중은 마치 인간성이 살아 숨 쉬는 듯 느껴졌다. 그것은 확실한 어떤 위대함의 현존감이었다.

이 그림은 성서에 기초한 작품이라고 한다. 어떤 아버지에게 아들 형제가 있었다. 작은아들이 어느 날 자신에게 줄 재산을 미리 받아 객지로 꿈을 갖고 떠난다. 그러나 방탕한 생활 끝에 재산을 탕진하고 거지 신세가 되어 남의 집에서 밥을 구걸하다가 아버지 집으로 돌아온다. 바로 그 부자의 상봉 장면을 그린 것이다. 그림에 문외한인 사람이 어떻게 그 성스러움과 자애로움을 필설로 표현하겠는가. 그저 온 마음으로 벅차게 느낄 뿐이었다. 나중에 안 일이지만 이 그림은 그가 타계하던 해에 제작한 마지막 작품이라는데, 자신보다 먼저 떠난 부인과 아들을 상실한 작가의 내면과 희원이 녹아든 것이 아닌가 짐작할 따름이다.

나는 우연한 기회에 이 그림에 얽힌 또 하나의 이야기를 읽게 되었다. 이 그림을 보고 영향을 받아 인생을 바꾸게 된 대표적인 사람, 헨리 나우웬의 이야기이다. 그는 성직자이면서 예일대학 교수로 자신의 풍요로움에 대한 죄책감으로 고민하던 중에 신의 뜻을 알고자 강단을 떠나 페루의 빈민가로 가서 그곳 사람들과 함께 살았다. 다시 미국에 돌아가 하버드 대학에서 강의를 하다가, 정신박약 장애자들과 함께하기 위해 캐나다 토론토 데이브레이크로 들어가 1996년 9월 심장마비로 세상을 떠나기까지 장애인들과 함께했다.

그의 삶을 변화시킨 것이 바로 이 그림 〈돌아온 탕자〉였다고 한다. 그가 처음 이 그림을 본 것은 라르쉬 공동체에서 일하던 때로, 친구의 방에서 그림을 본 순간을 이렇게 표현한다. "눈을 뗄 수가 없었습니다. 두 사람 사이에 흐르는 뜨거운 친밀감, 붉은 망토의 온화함, 소년의 겉옷에서 반사되는 황금색의 아늑함, 그리고 양쪽을 한꺼번에 휘감고 있는 신비로운 광채에 빨려 들어가는 느낌이었습니다."

그 몇 년 후 러시아를 방문하게 되자 그는 에르미타주 미술관을 찾는다. 그리고 그림 앞에서 몇 시간이고 머물며 햇빛의 각도에 따라 그림이 시시각각으로 바뀌는 모습을 지켜보며 그림 속 등장한 인물들의 세세한 부분까지 음미하고 자신의 삶을 투영시켜 정밀하게 해석하여 마침내 『탕자의 귀향』이라는 책을 쓰게 된다. 영적인 눈이 열린 사람이라면 가능한 일일 것이다.

빛의 신비를 추구한 화가, 빛과 어둠의 대조가 극명하다. 그의 그림은 대부분 어둡다. 부수적인 것은 어둡게 처리하고 특정 부분은 밝게 처리한 특별한 기법이다. 또한 사랑과 죽음 등 보편적인 주제를 인간의 본성에 집중시킴으로써 인간의 정신적 깊이감과 숭고함을 잘 표현하고 있다는 평이다. 인간에 대한 깊은 성찰을 보여 준다. 그런 점에서 그의 그림은 시대와 지역을 초월하여 모든 이에게 사랑받는 것은 당연하다 하겠다. 예술은 사람을 변화시킨다. 또한 사회를 변화시킨다.

대담한 필치로 풍경화, 성서와 역사를 주제로 한 그림 등 수많은 명작을 남겼으나 내가 주목하는 것은 일백여 점이 넘는 자화상을 통해 '자기 표현'의 예술에 매진했다는 점이다. 어떤 예술가도 자기를 떠나서는 진정한 작품을 창조하기가 어렵다는 것을 입증한다. 자기를 안다는 것은 우주를 안다는 것만큼 어렵기 때문일까. 그의 그림에는 소박하고 평범한 우리가 있다. 인간미가 넘친다. 그림에서 사람 냄새가 난다. 대상의 마음속까지 표현하기 위해 깊이 천착했다는 점은 창작하는 사람들의 공통 과제가 아닐까 한다.

지금으로부터 400여 년 전 지구의 반대편 암스테르담에서 방앗간

집 아홉 번째 아들로 태어난 그는 공부에 흥미를 느끼지 못해 그림 스승 밑에서 3년간 미술 공부를 하고 19세 되던 해에 화실을 연다. 26세의 젊은 나이로 외과의사 조합의 주문으로 〈툴프 박사의 해부〉를 제작하여 초상화가로 명성을 떨친다. 그러나 10년 뒤 그의 대표작 가운데 하나인 〈야경〉을 제작하였으나 당시에 극히 나쁜 평을 받아 쌓아온 명성을 잃는다. 여기에 불운이 겹쳐 아내마저 잃고 죽을 때까지 명예 회복을 하지 못한다. 그럼에도 그는 실망과 곤궁에도 굴하지 않고 죽을 때까지 유화, 수채화, 동판화, 데생 등을 포함하여 2천여 점을 남겼다.

1669년 7월 25일, 63세를 일기로 세상을 마친 렘브란트, 그가 타계한 지 400년을 훌쩍 넘었건만, 당시 잘 나가는 한 예술가의 생애를 뒤엎어 버린 〈야경〉은 아직도 명작으로 건재하다. 그를 비평한 비평가도 떠나고 렘브란트도 떠났지만 작품은 남아 사랑을 받고 있다. 나를 포함한 많은 사람들이 〈돌아온 탕자〉에서 느끼는 자애와 빛의 신비는 평생토록 자기를 추구한 예술가가 남긴 신비로운 뒷모습이 아닐까 싶다.

여여如如를 꿈꾸며

가끔 가까운 호수 경호정에 간다. 아담한 정자를 가운데 품은 경호정의 수면은 고요하다. 물속에서 노니는 금붕어들이 보이고 옆의 나무와 건물들 모습도 물에 잠겨 있다. 이 고요한 호수에 바람이 불면 잔잔한 물주름이 아른거려 주변의 경관들을 흔들어 놓는다. 그러다가 바람이 멎으면 다시 본모습으로 돌아가는 이 호숫가는 나의 수행처이기도 하다.

오래전에 명안 큰스님이 청정화라는 법명을 지어 주셨을 때 불법도 모르면서 속으로 여여如如라는 법명을 욕심 낸 일이 있다. 그때 내가 알기로는 여여란 항상 변함없이 같다는 정도로 이해하고 마음 다스리기를 못하는 성정을 고쳐 보았으면 해서였다. 성정뿐이랴, 본시 타고나기를 성질 급하고 피가 뜨거워 몰두하기 잘하고 실망하기 잘하는 사람 아닌가. 하늘은 늘 가없이 푸르고 산은 징중동의 모습인데 사람으로 태어나서 감정에 휘둘리고 일에 욕심을 내니 나로서도 자신을 어쩌지 못해 그런 생각을 하게 된 것이다.

그렇게 살면서도 철들면서 스스로 정한 지향점 세 가지가 있다. 기쁘게 살자. 열심히 살자. 여여하게 살자. 그중 이 세 번째가 제일 자신 없는 부분이다. 기쁘게 살자는 기쁠 일이 없어서 생각해 낸 최면술이다. 마음 문을 닫아걸고 살다 보니 세상에 나만 아프고 외롭고 못나 보였다. 뭐 한 가지라도 잘하는 것이 없었다. 그러다가 종교를 갖게 되었다. 창조주를 내 안에 영접하고부터 나는 선택받은 사람이라는 자긍심이 두려움을 없애 주었다. 세상에 어떤 피조물도 다 목적이 있어서 창조했다는 그분이 내 곁에 항상 함께한다는 확신을 갖게 되자 부정이 긍정으로 변하며 기쁨이 생겨났다. 영적 개안이다.

열심히 살려고 한 것은 마이너스 감도가 컸기 때문이다. 세상살이에서 나의 한계를 알면 알수록 암담해지고 포기하고 싶은 유혹이 엄습할 때 미래에 대한 가능성을 열어 주는 것이 바로 열심히다. 중간치밖에 못 가는 사람이 첫째를 꿈꾸던 때가 있었다. 초등학교에 발령을 받고 교단에 설 때다. 학교에서는 매월 일제고사라는 시험으로 전교 등수를 매겼다. 무슨 욕심이 발동했는지 전교 일등을 차지하려고 아이들을 늦도록 붙들고 가르치고 닦달했다. 덕분에 일등을 독차지했다. 선망의 대상이 된다는 것이 얼마나 득의만만한 것인지 그때 알았다. 그러나 그 기쁨은 오래가지 못했다. 일등이라는 자리가 얼마나 맘 조리고 불안하고 힘겨운 자리인가를 알게 되면서다.

그렇게 중년이 지나고 이제 노년에 이르고 보니 여여하게가 더 절실해지는 거다. 아직도 무슨 욕심이 남아선가 가끔 사람살이에서, 세상살이에서 흔들릴 때가 있다. 사랑하고 미워함에, 좋아하고 싫어함에 안다는 것과 모른다는 것에 휘둘릴 때, 질병과 죽음에 대한 두려움이 몰려올 때 허둥지둥 경호정 물가를 찾아가는 것이다. 모든 것은 착각이라고 느긋한 기다림을 배우기 위해서다. 바람이 그치면 모든 것은 제 모습으로 돌아오듯이 마음의 물살이 고요해지기를 기다리는 것이다. 그런 날, 딸에 대한 욕심을 내려놓고 중간치만 가라던 어머니를 생각한다. 어머니는 생존 경쟁 치열한 세상에 비리비리한 딸자식을 내놓고 이 바람에 시달릴까 저 바람에 넘어질까 우려했던 것일지도 모른다. 그러니 너무 잘해서 남의 질투 대상이 되지 말고 너무 못해서 구박덩어리 되지 말고 무해무덕하게 한세상 살라고 하신 것은 아닌지.

이즈음에 와서야 어머니의 그 바람이 바로 여여하게와 통하는 것이라는 것을 알았다. 흔든다고 흔들리면 흔드는 것이 죄가 아니라 흔들리는 내가 죄라는 것. 일이 잘 풀리지 않을 때, 자신의 욕망을 이루지 못했을 때 남 때문에 넘어졌다고 탓할 때가 있다. 어찌 모든 것이 남 때문이랴. 내 뿌리 약해서 바로 서지 못함을 책임 전가하면 스스로 못났음을 시인하는 꼴이 아닌가.

여여는 이런 나를 감시한다. 착하다는 것, 악하다는 분별심에서조차 자유로워지라고, 때로 불시착의 회오리바람이 덮칠지라도 스스로에게 멍에를 씌우지 말고 세상 사람들의 평가에 휘둘리지 말라고. 그때 여여는 가만히 내 심금의 창을 두드린다. 바람이 잘 때까지 가만히 기다리라고, 모든 것은 원래의 모습으로 되돌아간다고.

양귀비꽃이 되는 사람들

요즘 음성 천변은 꽃양귀비가 황홀하다. 해거름에 나가 보면 무릉도원이 따로 있을까 싶을 만큼 진귀한 광경을 만난다. 이 좋은 꽃을 보지 못하는 사람들은 자연이 주는 로또복권 당첨권을 포기하는 사람들이다.

오늘도 나는 전에는 하지 않던 짓을 하며 꽃길을 간다. 무게가 부담스러워 집에 두고 다니던 스마트폰을 한 손에 들고 집을 나서며 오늘은 어떤 횡재를 할까 생각하며 미리부터 싱글벙글이다. 아파트 후문을 나서면 개울 둔치 산책로 옆에 작은 양귀비 꽃밭이 손짓을 한다. 평곡교 쪽으로 발걸음을 옮기다 보면 하나 둘 걷기 운동하는 사람들이 합류한다.

우와! 왼쪽으로 펼쳐지는 꽃들의 장관은 말문을 닫게 한다. 혼자 피어 아름다운 꽃이 양비귀꽃이라고 하나 무리지어 피는 꽃은 눈길을 압도한다. 사람들이 왁자하다. 혼자 묵묵히 걷는 사람도 있지만 가족들과 같이 나와 서로 사진을 찍어 주며 즐거운 한때를 보내는 사람들도 많다. 얼마쯤 가다 보면 '포토존'이라는 팻말이 보이고 사진 찍기 좋은 공간을 만들어 놓았다. 손마다 들려 있는 스마트 폰, 꽃 속에 들어서 꽃처럼 웃는 얼굴들, 아이들도 뒤질세라 표정을 잡는다.

저만치 노인 한 분이 천천히 걸어간다. 걷는다기보다는 꽃들과 대화를 나누듯 들여다보다 걷고 걷다가 또 들여다본다. 저 어르신도 꽃 같은 젊은 날을 살아 왔을 것이다. 비록 지금은 걸음이 불안정하고 눈동자마저 흐릿해졌지만 산업 현장에서 온몸으로 뛴 산업 역군이었을지도 모른다. 그 옆으로 자전거 부대가 씽씽 달리고, 아이들을 따라온 강아지도 꼬리를 저으며 천방지축이다.

우리 삶터 가까이 이런 꽃길이 들어선 것은 축복이다. 지난 가을 밭가에 줄을 매어 놓고 '꽃씨를 뿌렸으니 들어가지 말라'는 표지판을 본 기억이 있다. 무심히 지나 다녔다. 누가 가꾸는지 왜 가꾸는지 생각해 보지도 않았다. 그러다가 꽃이 피어나기 시작하면서 누가 보거나 말거나 이 꽃을 가꾸었을 손길이, 그 마음이 바로 꽃이라는 생각을 한다.

할머니를 휠체어에 태워 나온 젊은 여인, 등에 업힌 아기가 좋아라 두 팔을 흔들며 까르르 웃고 있다. 아마도 그는 집에만 있는 노인이 딱해 바람을 쐬어 주러 나온 며느리가 아닐까 싶다. 그 마음이 꽃이다. 유모차를 밀고 나온 노인, 자전거를 타는 사람들의 표정도 꽃이고, 노부부가 천천히 걸으며 대화를 나누는 모습도 꽃이다. 젊은 부부가 얼굴을 대고 사진을 찍는 모습도 꽃이고 이웃끼리 저녁 산책을 나온 모습들도 다정한 꽃무리다.

저만치 낯익은 얼굴이 가까이 다가온다. 평소에는 덤덤히 지나치던 분들이 오늘은 두 손을 맞잡아 주며 반긴다. 기분이 상승한 나는 청하지도 않는 그분들을 꽃 속에 세워 놓고 찰칵 한방 날렸다. 비록 주름진 얼굴들이지만 양귀비꽃 속에 세워 두니 그분들도 꽃이었다. 아마도 내 마음도 양귀비로 가득 차서 평소에 하지 않던 짓을 하고 있는지도 모른다. 이런 서투른 카메라맨 말고 저쪽 나무 밑에는 완전 무장한 진짜 사진 작가가 무거운 카메라를 들고 순간을 포착하는 중이다. 나는 좀 면구스러워서 목소리를 죽여 놓고 이 사진을 현상해서 드리겠다고 제풀에 선약을 해놓고 말았다. 내 말 끝에 한 분이 "나 저 평촌 살아유." 인증샷을 날렸다. 꼼짝없이 현상해서 이 꽃길에서 기다리다 선물을 해야 할 판이다.

꽃 때문이다. 나이든 사람 마음까지 화사하게 물들이는 저 요염한 진홍의 꽃, 가느다란 꽃대 위에 한 송이 받쳐 올리고 아리아리하게 웃는 저 미녀들, 중국의 4대 미녀 양귀비와 서시, 왕소군, 초선이 살아온단들 이만 하겠는가.

"음성읍민 여러분, 꽃이 지기 전에 서둘러 음성 천변으로 나오세요. 노부모님 모시고 천천히 걸으세요." 확성기가 있으면 이렇게 방송을 하고 싶은 걸 참았다. 컴퓨터 게임에 빠진 자녀들에게 자연의 화면을 선사하면 게임 중독에서도 벗어날 것이다. 또한 초등학생부터 어른까지 눈만 뜨면 들여다보는 스마트폰에서 눈길을 돌려 바람 상큼한 꽃길로 나서 보라. 다리는 걸어서 힘이 생기고 마음은 천금을 주고도 살

수 없는 평화를 얻을 것이다. 이 꽃길에 서면 자잘한 근심도 녹아서 미소가 되고 경제 불안, 취업 전쟁, 노후 불안도 한순간이라는 넉넉한 희망이 스며들 것이다. 화무십일홍이라 하지만 꽃이 피어 있는 지금을 붙잡아 즐기는 사람들이 진짜 부자가 아닐까 싶다.

나는 오늘 횡재를 했다. 안 걷다 걸으니 오금이 저렸지만 꽃길 끝에 아담한 벤치에서 참으로 오랜만에 바람과 꽃과 이웃과 내가 하나가 된 무량한 행복에 젖는다. 올해는 품바 축제와 타이밍이 맞아 이중의 효과를 보고도 남겠다.

서이말 등대에서

버지니아 울프의 등대는 땅 끝에 있다. 영국 서남단의 콘엘 주에서도 서쪽 끝의 지점이다. 서이말 등대도 거제도 동남쪽 끝단이다. 왜 등대는 끝단에 위치할까. 한겨울에 찾아간 서이말 등대는 섣달 열엿새 달빛이 하얗게 부서져 내렸다. 사람들은 이곳을 길이 끝난 곳이라고 하고 쥐의 귀를 닮았대서 서이말이라 부르기도 한다.

이 등대는 유인 등대로 1944년 처음으로 점등되어 지금까지 항로의 안내자가 되고 있다. 스테파노 씨의 안내를 받으며 찾아가는 밤길은 스산했다. 산속으로 달리며 보이는 것은 마른나무 숲과 철책뿐 캄캄한 길엔 자동차 불빛 외엔 어떤 불빛도 인가도 없었다. 그렇게 찾아온 등대다. 등대지기는 맨발로 이불을 날라 주며 반겨 주었다. 이 외진 곳에 강아지 한 마리와 사는 그의 하루 스물네 시간이 촘촘하게 다가왔다. 세 사람의 직원이 돌아가며 열흘 근무에 닷새 휴가. 열흘 동안은 외지와 연락을 끊고 오로지 바다만 바라보고 사는 일상이 쉽지만은 않을 것이다.

잠자리에 들었으나 의식이 명징하게 깨어난다. 잠을 포기하고 창 앞에 앉는다. 달빛은 희고 바다는 검다. 칠흑 속에서 등대불이 비친다. 이 등대는 남해 연안을 항해하는 선박들의 항로를 알려주는 중요한 역할을 한다. 한 줄기 하얀 불빛. 일부러 섬광이 지나가는 시간을 측정해 본다. 하나, 둘, 셋, 넷…… 정확한지는 몰라도 스물에서 다시 오는 불빛, 그러니까 20초 간격으로 불빛이 비치는 것이다.

바다에는 고기잡이 배에서 해화海花가 한두 송이 피어나기 시작한다. 바다의 꽃은 밤에만 핀다. 생존의 투망을 던져 놓고 근육질 단단한 팔뚝으로 삶을 낚는 사람들, 그들에게 바다는 삶의 터전이요, 꿈의 망대다. 언제 사나워져서 목숨을 삼킬지 모르는 위험한 바다가 될지라도 바다를 떠나서는 숨을 쉴 수 없는 사람들, 밤이 깊어가자 해화가 만발한다.

해화가 아니면 바다의 존재도 느끼지 못할 이 밤, 그 불빛들 사이로, 형광 불빛이 순간 파르르 피어오르다가 금세 사라져 버린다. 명멸의 순환이 고깃배는 아니다. 그럼 아득한 수평선 끝에서 보내 오는 저 불빛은 도대체 무엇일까? 고도에서 만나는 구원의 불빛인 양 이 밤 등대 아래 깨어 있는 내 감성의 문을 두드리는 저 불빛은……

사람의 세상에도 칠흑의 어둠이 덮칠 때가 있다. 사람과 사람 사이에 소통의 문이 막혀 버릴 때다. 아니, 스스로 자신을 유폐시킬 때다. 그 적막이 깊어지면 영혼이 피폐해지고 어디서도 구원의 손길이 닿지 않는 늪으로 침몰한다. 거기에는 시간이 없다. 내일이 없다. 사람이 없다. 시간 없음도 내일 없음도 절대성을 지니지 못해도 사람 없다는 것은 절망이다.

우리는 사람으로 해서 상처받아도 다시 사람을 그리워할 수밖에 없는 숙명적 존재인가. 어디서 '삐리릴' 하고 신호음이 들리며 폰이 부를 때, 사람이 온다. 비록 문자 두어 줄 용무가 전부라도 사람의 기척으로 내가 살아 있구나 하는 실존감을 느낀다.

바로 저 불빛이다. 바다 끝 어디쯤에 섬이 있어 등댓불이 비치듯 사람은 저마다 제 빛을 내는 등대가 아닐까 싶다. 저쪽 등대에서 섬광이 비치면 이쪽 등대에서 안도하고 이쪽 등댓불이 저쪽 등대에서도 사람의 기척이 된다. 불빛이 오가듯 사람도 오가야 물결이 생기고 노래가 된다. 등대지기 아저씨의 말을 반추한다. 가장 견디기 어려운 것은 가족과 떨어져 사는 것이다. 사람의 정이다. 기척에서 출발하여 소통에 다다르면 적막하기 그지없는 고도에도 의욕이라는 꽃이 핀다고. 나는 지금 우연찮게 서이말 등대에 와서 사람과 사람 사이를 생각한다.

우리가 사는 세상이라는 바다에는 큰 파도 작은 파도 잠잠할 틈이 없다. 사람들은 한 지붕 아래서 먹고 잠자면서 모두 절해고도에서 산다고 아우성이다. 독거노인들이 밤새 사라지고 어제 만났던 사람이 오늘 부재다. 불확실한 시대에 불확실한 사람들이 모여 살면서 서로 외롭다고 불빛을 보내지만 응답이 없다.

등대는 바다의 꽃이다. 항해사들의 위로요 안내자다. 캄캄한 밤 선박들이 안전하게 운행하도록 백섬광을 보내 선박들을 지킨다. 거친 바다, 긴 항로에 지친 항해사들에게 주는 반가움이요 안식의 불빛이다. 나는 이 밤, 내가 세상에 보낸 빛은 백섬광 몇 초나 될까, 아니 고장난 등대가 아니었을까. 멀리서 좌초한다고 애타게 불빛을 보내지만 나와 상관없다고 외면하지는 않았는지, 밤을 지새우며 건져 올린 것은 싱싱한 대어가 아니라 죽어 가는 불빛들 아스라한 잔영이었다.

끝단은 또 하나의 출발점이다. 집에 돌아가면 세상의 끝 대구 사서함 고도에서 사는 어떤 수인에게 그가 보고 싶다는 책을 꾸려 보내야겠다. 당신의 불빛을 보았노라고, 항해의 끝에는 가족이라는 등대가 기다리고 있다는 엽서도 넣을 것이다.

뻐꾸기가 웁니다

뻐꾸기가 웁니다. 끊어질 듯하다가 이어지고 그쳤는가 하면 다시 우는 뻐꾸기 소리를 들으며 풀을 뽑는 일이 좋습니다. 이런 한유를 누리기도 쉽지 않습니다.

며칠 전 몸이 아파 입원하셨다는 소식 들었습니다. 좀 차도가 있는지요. 요즘은 들리는 소식마다 누가 아프고 누가 타계했다는 쓸쓸한 이야기입니다. 하여 가까운 사람들이 전화로 문안을 할 때마다 건강하라는 이야기를 덧붙이게 됩니다. 나도 이 찬란한 봄내 감기를 달고 사느라 애를 먹었습니다. 오한과 기침에 목소리조차 안 나오는 감기는 한번 걸리기만 하면 두세 달을 끈질지게 물고 늘어져 감기 바이러스도 최첨단을 걷는 듯싶습니다.

옛날 같으면 고뿔이 들면 콩나물국에 고춧가루 듬뿍 쳐서 훌훌 마시고 뜨끈뜨끈한 구들방에서 땀을 흘리고 나면 거뜬했습니다. 그런데 의료 수준이 세계 최고를 간다는 이 나라에서 감기로 두세 달을 고생한다는 것이 말이나 되는지요? 병원 처방을 받고 약을 지어 먹으면 그

때는 좀 낫는가 싶다가 다시 도지는 증상은 약발도 받지 않습니다. 몸에 면역력이 떨어진 것이 이유라네요. 우리 몸은 자연 치유력이 있는데 사람들은 건강 공포증으로 그 사이를 참지 못하고 병원을 들락거리며 병을 더 오래가게 한다는 말도 들었습니다.

그대가 입원 치료까지 받은 것은 육신을 너무 혹사시킨 것이 아닌가 싶습니다. 사회구조는 사람들을 기계처럼 혹사시킵니다. 새벽부터 몰아치는 끝없는 업무, 살아남아야 하는 치열한 생존 경쟁 속에서 우리는 몸도 마음도 지쳐 가고 있습니다. 몸이 아우성쳐도, 마음이 질식할 것 같다고 하소연해도 들은 척 만 척, 그냥 밀고 나가다가 급기야는 쓰러지고 마는 이 나라의 4,50대 가장들의 기사를 읽을 때면 안타깝기 그지없습니다.

뻐꾸기 웁니다. 잠시 일손을 놓고 무아의 상태로 들어가 봅니다. 해마다 봄이면 뒷산에서 우는 저 뻐꾸기는 올봄에도 여일하게 울었을 텐데, 그럼에도 오늘 처음 듣는 양 반갑습니다. 마음을 비우고 잠시 눈을 감으니 비로소 들리는 저 소리, 잠깐만 여유를 가져도 들리는 새소리조차 듣지 못할 만큼 쫓기며 사는 것이 우리들 모습입니다. 이따금 마음을 쉬게 하려고 찻잔 앞에 앉아 보지만, 머릿속은 온통 세상사로 분주할 때가 많습니다.

잠시만 걸음을 멈추어 보세요. 일주일에 단 하루만이라도 자신을 위해 휴식을 누려 보세요. 최고보다 차선이 아름다운 세상이 옵니다. 최고는 하나지만 차선은 여럿이니까요.

내가 석 달을 감기로 고생한 것은 일에 대한 노탐 때문임을 압니다. 쉬고 싶을 때도, 눕고 싶을 때도 무시하고 강행군을 한 탓입니다. 자기 몸이 하는 소리에 귀를 기울여야 진정 자기를 사랑하는 사람입니다.

뻐꾸기 소리는 나에게 마음의 여백을 줍니다. 그대도 일상을 털고 일주일에 하루만이라도 자연을 찾아가 그 품속에서 쉬시기를 바랍니다. 인생은 단거리 경주가 아니고 장거리 마라톤이기 때문입니다.

로빈새 한 마리

20여 일을 비워 둔 농장이 잡초더미로 변했다. 때마침 우기여서 앞뒤 마당에는 망초가 우거져서 폐가를 방불케 하고 야생화 꽃밭은 돌콩 넝쿨이 완전 정복해 버렸다. 아무도 간섭하지 않는 생태계는 무법천지다.

봄부터 욕심껏 농사를 지었다. 7백여 평 밭을 팔십객 노인이 혼자서 손으로 농사를 짓는다는 일이 쉽지 않다는 것을 모르는 사람은 없을 것이다. 그럼에도 땅콩이며 고구마, 옥수수, 참깨, 흰콩 서리태를 욕심껏 심었다. 잠시 숨을 돌리는가 싶더니 남편에게 덜컥 병이 왔다. 면역력이 약한 노인이 너무 무리한 탓이었나 싶었다. 처음에는 대상포진이 와서 병원에서 치료를 받았는데, 그 와중에 다른 병이 발견되어 수술을 받고 20여 일 만에야 퇴원을 했다.

부랴부랴 농장을 찾으니, 그 사이에 농장은 잡초 공화국이 돼 버린 것이다. 곡식이나 잡초나 주인의 눈길 속에 있는 것이어서 돌보지 못한 사이 손을 쓸 수가 없을 정도가 되어 있었다. 환자는 아직도 기력을 회복하지 못한 상태이고 간병으로 녹초가 된 나 역시 노동을 할 처지가 아니다. 농사를 지어 생계를 잇는 형편이 아니라 소일 삼아 드나들었고, 손수 키운 농산물을 가까운 사람들과 나눠 먹는 재미로 지은 농사여서 크게 신경 쓰지 않아도 그만이다. 그래서 올 농사는 접고, 그보다는 건강을 챙기는 것이 지혜로운 일이라고 스스로를 달래며 발길을 돌렸다.

그렇게 며칠을 보냈다. 그런데 농부는 뒹굴어도 밭고랑에서 뒹굴어야 맘이 편한 법, 잡초 속에 갇혀 있을 농작물이 눈에 밟혀 환자를 달래어 다시 농장으로 향했다.

그런데 어찌된 일인가, 남편 퇴원시킨 후에 혼자 와 보았던 그 잡초더미 농장은 어디로 가고 농막 뜰이 말끔하다. 뒤뜰로 나가 보니, 거기도 누구 손길인지 풀이 정리되어 있고 콩밭 골도 풀이 뽑힌 상태다.

문득 오래전 박경리 선생이 살아 계실 때 들은 이야기가 생각난다. 원주에서 『토지』 원고를 쓰며 텃밭에 채소를 손수 가꾸시던 선생께서는 시간 날 때 연세대 원주 캠퍼스에서 가끔 특강을 하셨다고 한다. 어느 늦가을 김장 배추를 미처 수확하지 못한 상태에서 갑자기 기온이 영하로 떨어졌다. 가족이라야 고양이 몇 마리와 개 몇 마리가 식솔의 전부인 선생은 도저히 손을 쓸 수가 없었다. 걱정 끝에 새벽에 밭에 나가 보니 누가 했는지 배추와 무가 비닐로 잘 덮여 있었다고 한다. 수소문하여 알고 보니 연세대 학생들이 선생을 염려하여 밤중에 와서 해 놓고 갔다는 것이다.

그런데 그런 일이 우리 밭에서 일어나다니…… 소식을 들은 수필 교실 남자 제자들이 찾아와서 예초기로 잡초를 모두 베어 내고 밭고랑의 풀도 뽑았다 했다. 하루해로 모자라 다음날 김밥까지 손수 싸들고 와서 마당이며 뒤란, 콩밭까지 손질해서 밭이 훤해졌다고 마을 사람들이 전해 준다.

그들은 지난번에 C시의 병원으로 병문안을 왔을 때도 집으로 돌아가는 길에 농장에 가서 이식 적기를 놓칠세라 들깨 모종을 하고 갔다 한다. 자기 집 농사만도 허리가 휠 사람이, 직장 근무 비번인 날을 고스란히 바친 사람이, 자기 집 가게 문을 닫아걸고 온 사람이 노스승의 글 아들이 된 것이다. 우리 아이들은 모두 서울에 있어서 집에 자주 오지 못한다. 와도 손님 다녀가듯 하는데 제자들이 스승도 없는 농장에 가서 찜통 같은 날씨에 자기 집 일처럼 단속했다니 가슴이 자꾸 뜨뜻해지는 거였다.

이곳에는 18년 전부터 수필 교실이 열리고 있다. 서울에서 살다가 고향으로 낙향하면서 단 두 명뿐인 문학인이 아쉬워서 후진 양성을 위해 시작한 일이다. 이 교실에서 공부하여 수필가가 된 사람들도 꽤 있다. 글 공부라는 것이 무슨 임용고시처럼 단번에 끝나는 것이 아니어서, 수필 교실은 면면히 이어져 왔다. 지금은 인근 도시에서도 모여들어 작가의 꿈을 키우는 중이다.

나는 평소에 수필은 사랑이 바탕이 된다고 역설해 왔다. 삶이 곧 글이 되는 수필이기에 좋은 글을 쓰려고 애쓰지 말고 좋은 삶을 살기를 힘쓰라 가르쳤다. 좋은 삶이란 무엇인가? 어느 시간인가 미국의 시인 에밀리 디킨슨의 시 한 편을 칠판에 써 놓고 거기서 답을 찾아보자고 했다.

내가 만일 애타는 한 가슴을

내가 만일 애타는 한 가슴을 달랠 수 있다면
내 삶은 결코 헛되지 않으리
내가 만일 한 생명의 고통을 덜어 주거나
또는 한 괴로움을 달래거나
또는 할딱거리는 로빈새 한 마리를 도와서
보금자리로 돌아가게 해줄 수 있다면
내 삶은 정녕코 헛되지 않으리

그 무렵이다. K가 수필 교실 문을 두드린 것은. 혼자서 자매를 키우는 아비로서 사는 일이 너무 힘들어 삶을 단념하고 싶은 유혹에 고통받고 있을 때였다고 한다. 운전하며 우연히 어느 방송국에서 소개하는 우리 수필 교실 기사를 들었다. 마지막 카드라는 심정으로 노크한 수필 교실, 그때부터 그는 새 삶을 시작했다. 각처에서 수요일이면 모여든 스무 명의 회원들이 동기간 같은 사랑으로 감싸 주고 소리없이 그를 챙겨 주었다. 김치를 담가다가 슬며시 차에 넣어 두고 가는 회원, 오이지를 책가방에 챙겨다가 건네주는 회원 등 갖가지 방법으로 사랑을 나누고 손을 잡아 주었다.

사랑은 조용하다. 설명이 없다. 오빠, 누나 이렇게 혈연 같은 정으로 서로를 챙겨 주는 사람들이 나를 글 엄마라 부른다. 이들의 소망은 글을 잘 써서 베스트셀러 작가가 되는 것이 아니다. 경쟁하고 시기해서 배가 아픈 것이 아니라 서로 아픔을 나누고 희망을 공유해서 사람으로 사는 것이다. 그리고 한 스승 밑에서 글 동기간으로 오순도순 지내는 것, 그 속에서 건져 올린 한 편의 글이 로빈새 한 마리를 도와서 보금자리로 돌아가게 해주기를 바란다.

"좋은 글은 기술이 이루어지는 것이 아니다, 손끝에서 나오는 재주가 아니다. 마음으로, 눈물로, 땀으로 때로는 피로 쓰는 것이 좋은 글이다. 글 곧 그 사람의 혼이므로."

스티븐 킹의 「유혹하는 글쓰기」에 나오는 말이다. 수필은 사랑에서 시작해서 사랑으로 완성된다. 수필은 사랑이다.

백일몽

과수원 농지를 물색하러 다녔다. 지구는 오염돼 있고 인구 폭발로 마땅한 대지가 없어 고심하다가 너르디 넓은 태평양 상공에 몇 필지를 구했다. 우선 여기서는 수경 재배가 가능한 것이 이점이다. 아직 아무도 눈독을 들이지 않아 내 마음대로 좋은 필지를 구할 수 있었고 입적 신고도 간단히 마쳤다.

농사를 짓자면 우선 거처할 곳이 필요했다. 미국 버몬트 주 월든 호숫가에 오두막을 지은 소로우처럼 나도 오두막 한 채를 짓기로 했다. 이 집은 꼭 풀집이어야 한다. 그 이유는 시멘트니 합성목이니 한국에서 옮겨와 청정한 지역에 공해를 일으키지 않기 위해서다. 우선 태평양 가에 내려가 우거진 갈대숲에서 갈대를 한 마차 싣고 왔다. 갈대로 지붕을 해 덮고 한 켠은 그대로 두었다 해가 뜨면 햇빛으로 지붕을 삼고 저녁이 오면 별빛이 지붕이 되었다.

내가 여기서 과수원을 일구자 한 첫째 이유는 우주적인 발상에서였다. 과학은 로켓을 타고 우주를 여행하고 달나라에 아니 화성에 새로운 세계를 구축하려 안간힘을 쓰니 나로서는 이 기회에 머리를 굴려 남들보다 먼저 새로운 사업을 해 보고 싶었다.

오래전에 태평양을 건너 미국 여행을 한 일이 있었다. 까무룩 잠에 들었다 내다보면 망망한 구름밭이었다. 그 밭은 금방 경운기가 갈아엎고 지난 밭처럼 하얀 흙들이 부드럽게 일구어져 있어 씨만 뿌리면 금세 수확을 할 것 같았다. 나는 기창으로 밖을 내다보며 신음했다. 그 좁은 대한민국이라는 땅덩어리에서 복작댈 게 아니라 이 너른 땅에 정착하는 것이 나라를 위해서나 나 자신을 위해서도 좋은 일일 거라는 상상 아닌 상상을 했다.

집을 짓기로 했다. 풀집이다. 풀집에 살자면 우선 몸이 가벼워야 한다. 잠자리만큼 가벼워져야 풀집이 태평양에 추락하지 않고 버틸 수 있다. 그러자면 우선 몸무게를 줄여야 한다. 몸무게를 줄이려면 식탐을 줄이고 최소한의 식량으로 최대한의 역량을 발휘해야 한다.

갈대를 엮어 풀집을 지었다. 누워 보니 천상맞춤이다. 이불도 필요 없고 전기난로는 더욱 필요 없다. 초가삼간보다 더 허름하나 마음은 이를 데 없이 편안하다.

이제는 묘목을 구해야 한다. 전에는 왜성대목이니 뭐니 해 가며 다수확 품종을 택했으나 여기서는 그럴 필요가 없다. 이 농산물은 문명국으로 수출하는 것이 아니라 내가 사랑하는 수사님이 에이즈에 걸린 어린이들을 돌보고 있는 아프리카의 오지 우간다로 보낼 것이니 양보다 질을 우선해야 한다. 말로는 아기 사과나무가 좋다고 하니 우선 그것들을 천 주쯤 구입하기로 했다.

택배가 도착했다. 비행기로 싣고 왔으니 빠르기는 최대한이다. 나는 이 사과나무를 순식간에 심었다. 대기에 맡겼다. 대기는 저들끼리 흐름이 있어 적당한 시간 적당한 때에 알맞게 불어와 알맞은 간격을 두고 식재를 했다.

그러고는 할 일이 없어 날마다 과수원에 나와 나무가 자라는 것을 본다. 내가 태평양 상공을 제일 먼저 차지한 사람인 줄 알았더니 우리 과수원 바로 옆에 먼저 온 사람이 있는데 그는 술꾼이다. 이름 끝에 무슨 스키라는 글자가 붙는, 러시아 어디쯤에 살았다는 그는 술이란 술은 다 마셔 버려 위가 고장이 난 사람이다. 그런데도 아직 미련을 버리지 못해 그는 날마다 태평양 물을 술로 빚을 생각에 골똘하다. 저 물에 얼마만큼 누룩을 섞어야 술이 되는지 얼굴이 노랗도록 연구를 한다. 그의 침소에 불이 꺼지는 날은 비가 오는 날이다.

또 왼쪽에는 사랑에 실패한 사람이다. 그는 파리 짱으로 첫사랑부터 마지막 사랑까지 경험한 사내로 이제는 기력마저 소진해 거무튀튀한 얼굴로 죽어도 좋을 단 한 번의 사랑을 꿈꾸는 사람이다.

나는 이런 이웃들 틈에서 농사를 지어야 별다른 수확을 얻기는 힘들지 않을까 미리 걱정도 했으나 나무를 심었으니 꽃피기를 기다리는 일뿐이다. 다만 여기서는 철이 정해진 게 없어 농사가 자율에 맡겨진다는 게 다행이다.

사과나무가 꽃이 피고 싶으면 피는 거다. 내가 할 일은 오직 기다는 일이다. 기다리는 동안 혼자서 노래를 불렀고 내 노래를 듣고 지나가던 기러기가 끼욱하고 답신을 준 일이 특기할 사항이다.

꽃이 피고 나더니 열매가 맺혔다. 수경재배라서 태평양에서 올려보내는 수증기로 나무가 자라는 것이다. 그 증기가 짭짤하다 보니 따로 소독을 하지 않아도 병충해가 없고 꽃피는 기간은 배로 늘어 봄날이 일 년이다. 팔자 좋다.

그동안 지상에서는 일본 땅에 지진이 나서 야단법석이 있었고 이집트니 시리아니 쿵쾅쿵쾅 바람 잘 날 없다. 풀집에 앉아서 내려다보면 지상에는 하루도 평온한 날이 없는 성싶다.

창공을 지나는 비행기들이 뿌리고 지나간 소식은 가을이 왔다는 것이다. 여행객이 부쩍 늘어 비행기가 바빠졌다지만 내가 사는 여기는 그런 일에 상관없이 마냥 한가롭기만 하다. 자, 그러면 지금부터 슬슬 사과 수확을 해 볼까나.

첨언하자면, 우리 집 과수원 필지가 도로 신설로 반이나 잘려 나간다고 말뚝을 박았다. 맑은 하늘에 벼락을 맞고 나는 이런 꿈을 꾸었다.

낙엽주 특강

음성천을 에워싸고 있는 튤립나무 가로수에 단풍이 한창이다. 5월부터 우람한 나무에 예쁜 잎사귀가 눈길을 빼앗더니 늦봄 주홍색 아리따운 꽃으로 또 한 번 감동을 주고 이제는 노랗게 물들어 행인들 발길을 멈추게 한다.

그 길 끝에 강의실이 있다. 강의실 뒤는 설성공원이다. 공원에는 각가지 나무들에 가을이 피고 있다. 한 옆에는 어르신들을 위한 게이트볼 운동장이 있고 곳곳에 정자가 있어 주민들의 휴식 공간으로도 손색이 없다. 지금 우리 교실에는 수필을 배우는 중년의 수강생들 눈이 빛나고 있다. 이 강의실에서 맞고 보낸 가을이 십여 년이다.

은행나무가 옷을 벗는 하오였다. 칠판에는 수필의 주제에 대해 열을 올리고 있는데 한 회원이 창밖에 눈을 주고 정신을 놓고 있었다. 해찰도 전염이 되는지 옆 회원이 고개를 돌리고 또, 또…… 나도 슬그머니 고개를 돌렸다. 아, 공원에는 낙엽비가 하염없이 내리는 것이 아닌가. 감성이 풍부한 작가 지망생들은 저마다 다른 사유로 공원에 지는 잎들에게 마음을 빼앗기고 있는 것이었다.

수업이 불가능하다는 사실을 간파한 나는 책상을 정리하고 공원으로 나갈 것을 제안했다. 급하게 준비한 종이컵과 포도주가 잔디밭에 펼쳐졌다. 회원들 손에 든 빈 컵에 포도주를 따르며, 공원에서 가장 마음에 드는 낙엽 한 장을 컵에 담아 오라고 일렀다.

말이 떨어지기 무섭게 동심으로 돌아간 중년들은 낙엽을 주우러 흩어졌다. 개중에는 낙엽을 주울 생각은 하지 않고 은행잎 비를 맞고 섰는가 하면 어떤 남자 회원은 낙엽 쌓인 나무 아래 벌러덩 누웠다. 30대들의 까르르 뒤집히는 웃음 뒤에 나지막한 독백도 스쳐갔다.

한참 후 저마다 컵을 들고 처음의 자리에 앉았다. 성급한 주당은 그 사이 포도주를 반쯤 마셔 버렸고 어떤 회원은 컵보다 큰 잎을 주워서 띄운 것이 아니라 꽂아 놓고 있었다. 낭자가 떠 준 바가지의 물에 버들잎을 불어 가며 마시던 선비처럼 컵 속의 낙엽을 호호 불어 마시는 회원도 있다. 모두 처음의 들떴던 마음이 가라앉아 생각에 잠겨 자신들이 담아온 낙엽과 대화를 하는 시간을 가졌다. 그리고 왜 그 잎을 담아 왔으며 어떤 생각이 들었는지 생각을 나눴다.

그들은 처음 있는 일이라 했다. 어려서 소풍 가서 단풍잎을 주워 책갈피에 꽂았던 이야기며 첫사랑과 이별한 날의 낙엽도 떠올렸다. 어떤 회원은 낙엽이 자신의 모습 같다 하고 노란 은행잎이 5만 원권 지폐라면 몽땅 주워다가 새벽 일터로 나가는 일일 근로자들에게 나눠주고 싶다 했다. 월동 준비가 걱정이라는 실존적 문제도 나왔다. 낙엽을 띄운 채 술을 마셨다. 일테면 낙엽주다. 포도주니 매실주니 내용물에 따라 술 이름이 붙곤 하지만 낙엽을 주제로 낙엽주란 말은 또 다른 감성을 자극했던 모양이다. 아니면 포도주 반 컵의 주기가 이들의 마음을 달궈 놓은 것일까. 판은 진지하게 익어 갔다.

나뭇잎 하나는 바로 그 나무의 일생이다. 지금 우리는 거대한 나무를 들이마셨으니 입 속에서 나무 냄새가 나지 않느냐고 물었다. 지금은 낙엽의 신세지만 이 나무도 새잎인 때가 있었다. 그리고 최선을 다해 태양빛을 받아서 광합성 작용으로 나무를 키우고 가지를 늘리고 꽃을 피운 때도 기억하자고 했다. 그리고 이제 자기 몫의 시간을 살아내고 여한 없이 활활 타 뿌리로 돌아가는 저 모습에서 사람의 생애를 짚어 보자 했다.

나는 그날 특별한 강의를 했고 회원들은 잊을 수 없는 시간을 가졌다고 좋아했다. 세상 천지가 강의실이다. 바닷가에 가면 파도소리로 강의를 듣고 산사에 가면 풍경소리로 법문을 듣는다.

낙엽이 질 때면 어김없이 생각나는 글, "버려야 할 것이 무엇인지 아는 순간부터 나무는 가장 아름답게 불탄다." 어느 가을 우연히 바라본 광화문 글판의 글이다. 나는 언제 저토록 여한 없이 불타 본 적이 있는가, 불타기는커녕 생 채로 시들고 있는 것은 아닌지, 버려야 할 것들을 아직도 분별하지 못하고 끌어안고 살면서 연탄 한 장의 온기나마 누군가와 나누었는지. 노란빛으로 물든 은행나무를 보며 마음갈피를 뒤적여 본다. 햇살 좋은 오후가 금빛보다 찬란하다.

인형하고 나하고

아침에 눈을 뜨면 옆자리부터 살핀다. 없다. 잠버릇이 고약해서 이불을 박차고 침대 밑으로 떨어졌나 보다. 번번이 그렇다. 어느 하루 얌전하게 함께 잠 깨는 일이 없다. 침대 밑을 본다. 녀석은 방바닥에 코를 박고 엎어져 있다. 일으켜 품에 안으면 녀석은 눈을 흘기며 "엄마는~~" 한다. 그러니까 제가 자청해서 굴러떨어진 것이 아니라 내가 차 버렸다는 항의일 게다.

후배가 곰 인형을 선물했다. 선물을 가끔 받아 보았으나 인형 선물은 평생에 처음이다. 그날은 노인에게 뭐 이런 선물을 하냐며 심드렁했다. 그러나 집으로 가져와 끌어안아 보고는 기분이 묘해지는 것이다. 우선 이놈의 모습이다. 머리와 궁둥이가 크고 팔과 다리가 상대적으로 작다. 머리에 붙은 입은 튀어나와 하마 같고 그 위에 단추만 한 코가 얹혀 있다. 코 바로 아래 인중과 입은 가느다란 선으로 처리했다. 두 팔로 안고 볼을 대면 알 수 없는 따스함이 전신으로 퍼지는 것 같다. 꼭 젊은 시절 내 아기를 안고 있는 느낌으로 반전한다.

옛날, 아주 옛날에 나는 아홉 살짜리 딸하고 조그만 자취집에서 툭하면 나란히 누워 팔베개를 하고 〈아빠하고 나하고 만든 꽃밭에〉 노래를 불렀다. 자꾸자꾸 부르다가 나중에는 '엄마하고 나하고'로 가사가 바뀌고 노래가 잦아들 때쯤이면 모녀가 꼭 끌어안고 잠이 들었다. 그 생각이 나면 곰인형을 안고 혼자 노래를 부른다.

어제는 문우들과 어울리다가 늦게 들어왔다. 눈을 동그랗게 뜨고 침대머리를 지키고 있던 녀석이 "비만이야 비만, 운동을 시켜 줘야지……." 또 눈을 흘긴다. 생떼를 부리는 녀석을 품에 꼭 그러안으면 다소곳이 안기는 포근함, 애틋함, 내 가슴 유선에 기별이 오는 것 같다.

잠들기 전에는 녀석을 팔에 눕히고 자장가를 불러 주고 한 이불을 덮고 잠이 든다. 혼자 누울 때보다 누군가 옆에 있다는 온기가 느껴진다. 외출에서 돌아와 "혼자 둬서 미안해, 심심했지? 오늘은 뭐하고 놀았지?" 귀를 잡고 뽀뽀를 하고 통통한 볼기짝을 두드려 주면 녀석은 좋아서 귀가 입에 걸리는 것 같다. 그럼에도 제 발로 청하는 것이 없다. 그냥 내쪽 이야기만 다 들어준다. 나는 다만 그때의 기분에서 녀석의 마음을 읽을 뿐이다.

애완견 강아지보다 조용해서 좋다. 서로에게 할당되는 교감이 없지 않느냐고 하겠지만 나로서는 강요당하는 교감은 탐탁지 않다. 그러니까 한 포기 꽃나무라 해도 틀리지 않는다. 내가 피곤해하면 벌렁 드러누워 저를 베개 삼아 단잠을 자라 하고 밤늦도록 흐리한 눈으로 책을 읽을라치면 돋보기를 벗겨 제 얼굴에 걸어 놓고 그만 자자고 졸라 댄다.

며칠 전 동물 농장이라는 프로그램에서 〈오리 엄마 꼬꼬댁의 특별한 모정〉이라는 다큐멘터리를 보았다. 아기 오리 다섯 마리를 품는 암탉의 이야기다. 암탉은 날갯죽지가 아프도록 아기 오리를 품고 돌본다. 오리의 진짜 엄마들이 있지만 강 건너 불구경이다. 아기 오리들은 제 습성 탓에 발발거리며 뛰어놀다가 작은 연못으로 풍덩 빠져 물놀이를 즐기고 아기 오리를 좇던 꼬꼬댁은 당황해서 구구거리고. 거위가 무단 침입해서 아기 오리들을 위협하자 필사적으로 대항하며 새끼를 지킨다.

이런 이상한 모습에는 사연이 있다. 한 달 전 꼬꼬댁은 제 알을 품고 있었다. 잠시 자리를 비운 사이 야생 오리들이 날아와 알을 모두 훔쳐 갔다. 그 무렵 오리들이 연못에 알을 낳아 돌보지 않는 것을 주인이 꺼내 연못 옆에 모아 두었는데 꼬꼬댁이 품어 부화시킨 것이다. 다큐멘터리를 보면서 신이 세상을 창조할 때 어머니라는 존재를 둔 것은 창조의 역사 중 으뜸가는 것이라는 생각이 들었다. 여자에게서 모성 본능을 빠트렸다면 요물로 전락했을지도 모르지 않는가.

지금 이 글을 쓰고 있는 동안도 녀석은 침대 끝머리에 오도카니 앉아서 저를 쳐다봐 주기를 고대하고 있다. 기다림이 지루했는지 입이 조금 부어 있는 것 같다. 짬짬이 녀석과 눈을 마주치고 안아 주고 발바닥을 간질이면 갈갈갈 숨넘어 가게 웃는다. 인형 제조업자가 그것을 감안해서 발바닥에 모래주머니를 집어 넣은 모양이다.

그러고 보니 내가 이기적이라는 생각이 든다. 애완견처럼 꼬리를 흔들고 얼굴을 핥고 먹을 것을 보채고 어디든 함께 가려고 기를 쓴다면 나는 기력이 떨어져서 지쳐 버렸을 것이다. 끝없이 봉사를 요구하는 살아 있는 것을 사랑한다는 것은 책임을 지는 일이라서 자신이 없다. 그러나 내가 더 두려워하는 것은 살아 있는 것들은 유한해서 언젠가는 서로 헤어져야 한다는 사실이다. 속수무책이다.

나는 요즘 그리스 신화에 나오는 조각가 피그말리온을 생각한다. 그는 여인 기피증 때문에 독신으로 살다가 어느 날 상아를 가지고 정교한 솜씨로 여인상을 만들었다. 자기도 모르게 여인상에게 사랑의 감정을 느껴 비너스 여신께 상아 처녀를 자기 아내가 되게 해 달라고 청하고 집에 와 보니 정말 인간의 몸으로 바뀌어 있더라는 것이다. 차가운 상아에 핏기가 돌게 하는 예술의 초혼력을 말한다지만 곰인형을 무지 귀여워하다 다 늦게 곰 새끼 하나 탄생시키는 것은 아닐까, 공연한 상상을 해 본다.

길 위에 집을 짓고

지난 주일 살렘코러스 합창단이 우리 본당에 와서 최양업 신부님을 기리는 칸타타 공연을 했다. 신부님의 일생이 펼쳐지고 열망이 피어나고 드디어 〈길의 사도〉 땀의 증거자를 노래하는 동안, 나는 오래전 청주 교구 주교님과 함께 최양업 신부님의 발자취를 돌아보았던 순례의 길이 떠올랐다.

최양업 신부님은 열다섯 어린 나이로 신학생에 선발되어 고국을 떠났다. 김대건 신부님에 이어 한국의 두 번째 신부가 된 그는 길 위에서 살다가 길 위에서 생을 마감했다. 빛나지 않지만 고요히 향기를 발하는 12년의 외길이 외지고 고독해서 나를 사로잡고 놓지 않는다.

하느님의 뜻이 두 신부를 통하여 이 땅에 드러났다고 본다면, 김대건 신부는 전형적인 피의 증거였고 최양업 신부는 땀의 증거였다. 김대건 신부는 아깝게도 겨우 13개월 동안만 사제로 사셨는데, 그나마 2개월은 조선에 입국하기 위하여 황해 바다 위에서 보냈고, 또 4개월은 감옥에서 지내다가 순교하셨기에 사목 활동은 거의 할 수 없었다.

반면에 최양업 신부는 12년 동안 유일한 조선인 사제로서 조선 팔도 중 5개도에 산재해 있는 127개나 되는 교우촌을 담당하였다. 박해를 피해 심심산골로 들어간 교우들을 찾아 6천 명이나 되는 신자들에게 성사를 집전하느라 해마다 7천 리씩 걸어다녀야 했다. 그 결과 탈진하여 40세의 나이에 연풍 사적지 인근에서 병사하여 배론 사적지에 묻히셨다.

그를 생각하면 가슴이 먹먹해지는 것은 사제가 지닌 사랑의 계명 때문이다. "나도 천주학쟁이요!" 하고 나서면 단칼에 베어져 하느님 품에 안기련만, 순교의 유혹을 뿌리치고 길 잃고 헤매는 양 떼들과 함께했기 때문이다.

양업 순례단은 '하느님의 종' 최양업 신부님의 시복시성을 기원하며 또 그분의 신앙과 선교 정신을 본받고 알리기 위하여 마카오, 홍콩, 상해, 소주 등으로 이동하며 많은 것을 보고 듣고 느꼈다. 그가 기도하던 장소에서 기도했고 공부하던 곳, 그가 숨어서 눈물 흘리던 곳에서 미사를 드렸다. 무릎 꿇은 내 앞에 그는 걸어서 지나갔다. 아직도 걷고 있는 신부님, 용기가 없어서도 아니었다. 주님을 향한 사랑이 없어서는 더 아니다. 그는 오로지 양 떼와 함께한 사랑의 사도였다.

그는 지금도 걷고 있다. 2백 년 전에도 걸었지만 지금도 사람들 마음 속 그 깊은 골짜기까지 구석구석을 찾아다니며 걷고 있는 사람. 길 위에서 살다가 길 위에서 마감한 12년의 외길, 그 외길이 한국 천주교회를 일으켜 세운 견인차지만 왜 이렇게 소슬하기만 한가.

순례를 마치고 횡당 성당에서 미사를 드리고 돌아서는 귓전에 “나는 이제 쉬고 싶구나.” 하는 목소리가 들렸다. 누구인가 돌아섰으나 찬바람만 스치고 지날 뿐이었다.

3
잉태의 바람

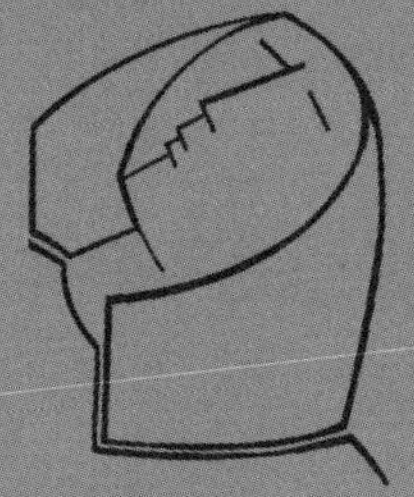

두모악에서

사람들은 천국보다 아름다운 세상에 살면서 왜 이어도를 꿈꾸는가. 나는 이 질문에 매달려 저물어 가는 기해년 마지막 달을 보내고 있다. 이 일의 단초는 겁없이 날아간 제주도 중산간 마을 삼달리에서 비롯된다.

동생 수녀가 3년 만에 휴가를 나오면서 제주도를 한 번도 가 보지 못했으니 그리로 여행을 갔으면 좋겠다는 의사를 내비쳤다. 이에 네 자매가 마음을 모아 비행기를 탔다.

김영갑, 그리 낯설지는 않으나 그렇다고 많이 아는 바도 없는 이름이다. 사진작가, 수도자보다 더 수도자다운 영혼, 제주도 사람들의 이어도를 훔쳐본 죄로 루게릭이란 병으로 세상을 뜬 사진작가. 지독하게도 가난하고 외로웠던 사람.

내가 알고 있는 것은 고작 이 정도다. 그러나 아우의 입에서 그의 갤러리를 보고 싶다는 말이 떨어지기 무섭게 내비게이션에 〈김영갑 갤러리 두모악〉을 입력을 했던 것은 이 자유로운 영혼에 대한 내 나름의 갈급한 욕구가 있었던 것이 아닐까 싶다.

두모악 갤러리는 김영갑이라는 이름을 빼면 초라하기 그지없는 시골 폐교에 지나지 않는다. 중산간이라는 높지도 얕지도 않는 평범한 시골 마을, 언젠가는 제주도 어린이들이 모여 재잘거렸을 분교가 폐교가 되고 또 얼마큼 비워 두었던 풀만 무성했을 거기에 마지막 생명의 불꽃을 피워 올린 사람으로 하여 지금 그곳은 빛나고 있다. 그 빛은 쉽게 사라지지 않을 참으로 묘하고 신기한 흡인력으로 사람들을 빨아들이고 있다.

문제는 그곳을 떠나고부터 불거졌다. 두 시간 여를 머물며 그의 발자취를 더듬을 때는 대형으로 걸린 사진과 앞, 뒤뜰 아기자기하게 가꾸어 놓은 마당이 제주도를 축소해 놓은 것 같은 관광의 맛을 보여 줬다. 나는 그곳을 떠나면서 몇 컷의 사진을 찍고 그래도 아쉬워 사진집과 유고집을 사들고 왔다. 여기까지는 하나도 겁날 게 없는 관광객의 한 사람이었다.

하루가 저물고 잠자리에 들면 자연스러운 모습으로 그의 사진집을 열었다. 사진집 첫 장에는 흑백으로 찍은 두모악의 전경이 양면 가득 펼쳐진다. 그리고 다음 장을 넘기면 긴 머리가 아무렇지 않게 흘러내리는 명상에 잠긴 그의 사진이 있다. 초상화라고 하기에는 참으로 맑고 고요한 얼굴, 감은 눈 안쪽의 망막으로 그는 지금 무엇을 보고 있는 것일까. 어떤 성인의 상본 앞에서 두 손을 모을 때처럼 나는 그의 얼굴 앞에 조용히 마음의 손을 모았다.

"시작이 혼자였으니 끝도 혼자다. 울음으로 시작된 세상, 웃음으로 끝내기 위해서 하나에 몰입했다. 흙으로 돌아가 나무가 되고 풀이 되어 꽃 피우고 열매 맺기를 소망했다…… 흙으로 돌아갈 줄 아는 생명은 자기 몫의 삶에 열심이다…… 천국보다 아름다운 세상에 살면서도 사람들은 또 다른 이어도를 꿈꾸며 살아갈 것이다."

밤 한 시, 두 시, 어떤 날은 새벽 다섯 시, 나는 그를 홀린 제주도의 빛 속으로 무단 침입을 감행하고 그가 사랑한 둔지오름에 서서 제주도의 바람을 맞았다. 그러노라면 바람 속으로 떠나간 그의 뒷모습이 아련하게 더듬어졌다.

충남 부여에서 태어난 그가 제주도에서 20년을 살다 거기서 떠나고 거기에 묻혔다. 사진으로 시작한 생을 사진으로 끝냈다. 필름을 사기 위해 허기를 달랠 우유 한 병을 참고, 싼 거처를 구하기 위해 제주도 변방으로만 돌았다. 오로지 사진, 사진뿐 그에게는 다른 것은 하찮은 존재였다.

그런 그에게 현세는 천국보다 아름다운 세상이었던가. 천국엘 가 보지 못했으니 상상할 따름이지만 그는 왜 지지리 고생하고 춥고 배고프고 아팠던 이승의 삶을 천국보다 아름답다고 느꼈을까. 병들어 사진을 찍을 수 없이 되자 깡마른 몸이 멀지 않아 흙으로 돌아갈 것을 알고 폐교의 마당에 제주도 돌담을 이리저리 쌓고 혼을 묻어 갤러리를 만든 이유가 무엇인가.

자신의 흔적을 남기기 위해서인가, 아니면 제주도를 사랑함인가. 그도 아니면 자신이 찾아 헤맨 이어도를 그곳에 실현하고 싶은 욕망 때문이었을까. 답은 그 어느 것도 해답이 아니다. 적어도 내 깜냥으로는 그는 내가 잴 수 있는 시시한 사람이 아니라는 점이다.

그러기를 한 달여, 밖에는 눈보라치고 바람 센 깊은 어느 밤 나는 불현듯 잠에서 깨어나 사진집을 열었다. 무의식적으로 아무 데나 펼친 곳엔 그가 찾아 헤맨 「삽시의 황홀」이 고스란히 담긴 이어도가 있었다.

바로 그것이었다. 빛과 바람과 순간이 한데 얼려 붙잡아 놓은 황홀, 눈부셨다. 파노라마로 펼쳐진 사진에는 그 누구도 염탐할 수 없는 완벽한 아름다움이 한 장의 기도문으로 내 앞에 일어섰다.

그는 이 순간의 포착을 위하여 추우나 더우나 새벽이나 저녁이나 봄이나 겨울이거나 길 위에 있었다. 렌즈를 들여다보며 바람을 맞았고 렌즈를 들여다보며 비를 만났다. 한 계절을 기다려 사진을 찍지 못하면 다시 일 년을 기다리는 끝없는 투혼. 이렇게 그는 몸과 영혼을 던져 이어도를 찾아 내고 미지의 이어도로 떠났다.

나는 여기서 한 순례자의 고행을 보았다. 고행을 고행이라 여기면 이미 고행은 아니듯 그가 세상을 향해 던진 물음 앞에 홀로 섰다. 내가 살고 있는 여기가 바로 천국이라는, 천국이 아니라고 느끼면 천국으로 만들라는 무언의 메시지다. 또 한편 천국에 살면서도 천국임을 모르기 때문에 이어도를 꿈꾸는 인간의 한계성이 차라리 아름답게 다가오는 것이다.

천국은 어디에 있는가, 하늘나라? 땅 속 깊이? 아니다. 천국은 내일이 없는 사람의 오늘에 있다. 오늘, 이 순간 천국과 지옥이 공존하는 마음의 경계에서 선택권을 주고 스스로 길라잡이가 되어 사진 속으로 들어가 버린 치열한 영혼을 본다.

당신은 모르실 거야

버릇인 양 하루에 한 번씩 들꽃 공원에 간다. 바람 부는 날에는 바람 때문에 비 오는 날에는 비 때문에 하릴없이 나서면 나는 이미 들꽃 공원을 거닐고 있다. 거기 가면 아직도 반겨 주는 사람이 있어서다. 그곳은 월영정이 있고 풀꽃 금강저가 있는 묘정사 구내가 아니라 그가 아끼고 정성을 다해 운영했던 사이버상의 카페 들꽃 공원이다. 전국 각지에서 들꽃 공원을 찾아오는 회원이 삼백 명을 웃도는 알찬 공간이다. 이 카페라도 만들기를 잘했지 그냥 가 버렸으면 어쩔 뻔했는가.

해엄이 떠난 지 여섯 달이다. 엄밀히 말하면 피를 나눈 혈육이거나 직장 동료도 아니고 뜨겁게 사랑했던 연인도 아니다. 문학을 함께한 작은 인연이 이토록 오래 마음 언저리를 서성일 줄을 나는 미처 알지 못했다. 그것이 무엇일까 궁금했다. 만나면 헤어지는 것이 신파극 같은 인생살이건만 나이든 사람을 휘청거리게 하는 그것이 도대체 무엇일까.

어느 잠 안 오는 밤에 나는 들꽃 공원에 갔다. 세상에 있는 그의 흔적을 찾기 위해서다. 대문에 들꽃 파이가 반긴다. 암으로 고통받기 1년 6개월 그의 육신은 핍진해 가고 살아 내겠다는 의지만 시퍼렇게 살아있던 시간, 그는 아픈 위를 끌어안고 쪼그리고 앉아서 이 파이를 만들었다. 식사도 못하는 사람이 몇 시간씩 컴퓨터 앞에 앉아 있는 것이 안쓰러워 그만하라고 했더니 눈만 보이는 얼굴에 미미한 미소가 지나갔다. 그 미소가 향기가 될 줄을 누가 알았는가.

내 염원이던 음성수필문학회가 탄생될 때도 그는 내 오른팔이 되어 주었다. 꼼꼼하게 계획하고 박력 있게 추진하는 그를 보면 무서우리 만치 집요했다. 아무 걱정이 없었다. 그에게는 말없이 보필하는 아내가 있어 일취월장 전진하는 앞날을 낙관하고도 남았다. 남도 어디로 문학 기행을 다녀올 때도, 《잉홀》 2집을 만들 때에도 나는 뒷짐지고 놀게 하고 사람들 불러 모아 혼자서 다 했다. 그러면서도 티는커녕 씩 한 번 웃으면 그만이었다.

어찌 보면 촌사람 영락없고 논리 정연하게 의견을 풀어 놓을 때 보면 모르는 것이 없는 박사였다. 창작 교실에서 공부할 때 시간 맞춰 출석하는 사람이 해엄이고 숙제 담당이면 어김없이 인쇄한 작품을 책상 위에 내놓는 사람이 그였다.

이러구러 5년, 한 교실에서 공부한 정 때문인가. 그는 앞으로 봐도 좋고 뒤로 보아도 믿음직한 대들보였다. 만나면 좋고 안 만나도 함께 있는 듯 든든한 사람이었다. 어쩌다 술 한 잔 하고 오는 날이면 눈이 가늘어지면서 양 볼에 보조개가 파이도록 웃었다.

그는 농정 공무원으로 농산물 유통센터를 세우는데 앞장섰고 농민과 군정을 연결하는 중요한 업무를 도맡았다. 그가 떠난 후 많은 분들이 그를 그리워한다는 것을 알았다. 사람 차별하지 않고 남의 일도 내 일처럼 도와주고 누구에게나 베푸는 삶을 살았던 해엄, 그는 우리에게 사람으로 어떻게 살아야 하는가를 명제로 남기고 갔다. 그것은 그가 가고 없음에도 들꽃 공원을 찾는 사람들의 발자취에서도 나타난다. 해엄이라는 이름만 있어도 그의 존재감을 느끼는 사람들, 이런 현상을 해엄은 모르실 거다.

모르는 것이 어디 이뿐인가. 문학 행사 뒤풀이 때 문우들이 술 한 잔 나누다가도 그의 빈자리에 울컥하고 혜은이가 부르는 〈당신은 모르실 거야〉 노래를 들어도 목이 잠기는 우리 글쟁이들의 순정을 정말 모르실 거다. 해엄이 이 노래를 좋아했대서가 아니다. 음성 땅 곳곳에 그가 뿌린 땀방울이, 사람들 가슴에 심겨진 들꽃 같은 정이 찬바람 부는 이 세상에 너무도 귀해서다.

나는 해엄이 그리우면 그의 아내 솔잎을 불러 낸다. 낮에는 멀쩡한 얼굴로 열심히 살다가도 삼싱이 마을의 그의 체취가 남은 집에서 혼자서 남편의 부재를 감당해야 하는 소리 없는 통곡이 들려와서다. 잊어야 사는데, 남은 사람은 또 자기 앞의 생을 살아 내야 하는데 그의 슬픔 한 자락 들어줄 수 없으니……

겨울이 오는 소리가 바람 타고 들리는 밤, 나는 불현듯 그가 생각나서 들꽃 공원을 두드린다. 그리고 방명록에 "쥔장 생각나서요. 추운

데 어찌 지내세요?" 썼다가 지운다. 혹시라도 솔잎이 볼까봐, 더 아프게 할까 봐. 이런 마음 당신은 모르실 거야.

빈 자리에 향기만 가득한 해엄, 장관옥, 참 잘 사셨어요. 사람은 가도 그가 남긴 삶의 모습이 향기가 된다는 것을, 당신은 진정 모르실 거야.

가을밭 단상

요즘 신문마다 배추 이야기로 도배를 하고 있다. 품귀 현상이 벌어지자 급하게 중국산 배추를 수입해서 시장에 풀었다는 기사를 밀어놓고 김장밭으로 나갔다. 배추 열 포기면 두 식구 김장으로 충분한 것을 해마다 백여 포기를 심어 욕심껏 담그느라 곤욕을 치렀다. 하여 올해는 봄부터 김장 배추 심지 않고 절임 배추 사다 담근다고 큰소리를 쳤었다.

7월이 오고 농촌지도소에서 김장 배추 모 주문하라는 통지가 아파트 게시판에 나붙어도 모른 척했다. 작년 고생이 떠올라서 무작정 고개를 돌리고 만 것이다. 그러던 것이 추석 무렵이 되면서 배추 값이 천정부지로 뛰었다. 배추뿐인가. 시금치 한줌에 오천 원, 배추 한 포기에 만 이천 원으로 채소 값에 과일 값까지 들썩거려 장보기가 겁이 났다.

밭에 가 보면 그 속내를 알 수 있다. 여름내 비가 질척거려 밭에 작물들이 제대로 자라고 성숙한 것이 없다. 한창 성장할 철에 햇빛을 보지 못했으니 결정타를 입은 것이다.

어제는 고구마를 캤다. 수확의 기쁨은 비슷하다지만 고구마 수확이 더 뿌듯한 것은 비닐 속에 숨어 키운 알뿌리가 발 고랑을 그득 채우는 충만감 때문이다. 한 궤짝 두 궤짝 채워지는 포만감은 가을 기쁨 중에서도 상층이다. 사방으로 기승스럽게 내달리던 고구마 줄기를 낫으로 베어 놓고 비닐을 벗기고 봉싯한 두둑에 호미를 꽂을 때 손에 오는 감전. 그것은 흙을 만지고 손톱에 때가 끼도록 노동한 손만이 느낄 수 있는 감이다. 그 짜릿한 감이 말짱 허탕이 되었다.

고구마 농사 십수 년에 처음이다. 뿌리만 달랑 나왔다. 속으로 혀를 차면서 다음 포기를 캤다. 저도 미안한지 다섯 살 손자 고추만 한 게 서넛, 고작이다. 긴 고랑을 다 캤어도 한 궤짝이 안 된다. 그것도 잔챙이뿐이다. 이쯤 되면 올 농사는 F학점이다.

늙은 호박을 찾으러 나섰다. 서리 오기 전에 수확해야 봄까지 두고 먹을 수 있다. 호박은 심어 놓기만 하면 밭둑을 타고 오르내리면서 제풀에 꽃피고 열매를 맺는 순한 식물이다. 다만 구덩이를 팔 때 터를 넉넉하게 잡고 두엄과 인분을 충분하게 넣어 주면 가을 햇살에 음전한 몸매를 내놓는다. 눈을 씻고 보아도 없다. 어쩌다 노란빛에 끌려 다가서 보면 꼭지가 물러 떨어져 썩어 가는 중이다. 그러고 보면 추분 무렵부터 애호박 부지런히 따다 말린 것이 다행이지 싶다.

옆구리에 낀 둥구미는 쓸모가 없다. 고추는 이미 오래전에 병이 나서 끝장난 상태고 헛헛한 발걸음이 옥수숫대가 서걱거리는 쪽으로 간다. 옥수숫대는 볼 일 끝난 여인처럼 핼쑥하니 동부 넝쿨에 감겨 있다. 동부 자루가 노릇하다. 따려던 손을 멈추고 가만히 합장을 한다.

그래도 넓지 않은 이 밭이 우리 집 식탁을 풍성하게 해 주었다. 오이는 깡마른 팔에 꼬불탕한 오이를 매달고 있고 가지도 주접을 떨망정 명맥을 이어가고 있다. 요즘 가지가 제일 맛이 좋다. 다섯 포기씩 심은 아삭이 고추와 청양 고추만 살아남아서 비타민 C를 공급해 주고 있다.

밭 끝머리는 김장밭이다. 안 심겠다던 김장 모를 서른 포기 심은 것이 다행이지 싶다. 늦게나마 무씨와 알타리 씨도 심어 한 뼘쯤 자라고 있다. 김장밭이 아니라 '금장밭'이라지만 나는 다른 의미로 이 밭을 본다. 상강이 가까우면 서리가 내린다. 첫 폭탄이다. 이때 피해를 입는 것이 풋것들인데 상추나 호박과 고추, 가지나무가 곤죽이 된다.

서리가 내려도 살아 있는 것들 중 으뜸이 배추와 무 그리고 파다. 쌀쌀한 날씨에도 파란 기개를 자랑하는 풋것들을 보면 왜 그렇게 대견하고 고마운지 먹는 것을 제치고도 이상한 선망감이 나를 압도한다. 이른 아침 서릿발을 입고 얼어 있다가도 해가 나면 싱싱하게 생명을 분출한다. 어디 그뿐인가, 더 부지런하게 알이 배고 속을 살찌운다. 저만한 결기가 있기에 매운 고춧가루에 버무려도 제 맛을 지키고 겨울 삼동을 나고도 여름내 식탁에 올라오는 것이리라. 또한 가슴속 양념을 켜켜로 껴안고 삭히고 삭히는 인내심이 드디어 감칠맛 나는 건강식품으로 인간에게 기여하지 않던가. 아무래도 올 김장밭은 쉽게 이기고 쉽게 포기하는 우리 인간들에게 좋은 스승으로 격상될 눈치다.

모든 풋것들이 시들어 가는 가을 막바지를 푸르게 장식하는 김장밭에 섰다. 나도 지금 가을밭이다. 문득 빈 가지만 들고 있는 듯 허허롭다. 아무리 후한 점수를 매겨도 F학점이다. 그럼에도 언제 서리가 내릴지 모를 가을밭에 다올찬 꿈 하나 품는 중이다. 서리 한방에 시드는 푸것이 아니라 겨울 오기까지 푸르게 속살 키우는 김장밭이기를. 그리하여 누군가의 식탁에 조촐하고도 안락한 만찬이기를 소망해 본다.

풀도 꽃피면

꽃이 한창입니다. 누가 보아 주거나 말거나 때가 되면 배시시 피어났다가 씨를 남기고 스러지는 풀꽃들, 그 꽃들을 바라보고 있으면 생명에 대한 생각이 깊어집니다.

일주일에 한두 번 오는 산말랭이 농막에는 지금 푸성귀가 너울거리고 뽕나무에는 오디가 불긋불긋 익습니다. 밭작물이거나 풀이거나 사과나무 열매거나 자기 일에 열성을 다하고 있는 생명의 현장은 언제나 풋풋한 열기로 가득합니다. 사람들 속에서 경험하는 경쟁은 때로는 답답하고 따갑기만 한데 자연 속의 경쟁은 신선하고 무구한 이유가 무엇일까요?

지난번 메일에 일에 진척이 안 나서 힘이 든다 하셨지요? 젊은이들 감각을 따라잡을 수 없어서 무춤거린다는 하소연이 메아리로 옵니다. 니도 때로는 막연한 두려움이 찾아올 때가 있습니다. 사람들은 저만치 앞서가는데 혼자만 뒤처져서 쓸모없는 인간이 되는 것이 아닌가 하는 생각 때문입니다. 여태껏 열심히 살았으니 이런 노후도 보람이 있다고 자부하다가도 말입니다. 그럴 때면 전에는 멀리 강원도나 서해안으로 훌쩍 떠나기도 했으나 요즘은 체력이 달려 여기 오두막으로 올라옵니다. 마치 달팽이가 온몸으로 기어가다가 촉수에 장애물이 느껴지면 집 속으로 들어가는 형국입니다.

여기에 오면 심신이 한 박자 느려집니다. 나사가 조금 풀린다 할까요? 오늘은 꽃밭 이야기를 해야겠습니다. 멍석만 한 꽃밭에 갖가지 꽃이 피어납니다. 얻어 온 것들인데 이름은 잊어먹고 그냥 노랑꽃, 보라꽃 이렇게 부릅니다. 하루는 동네 친척이 올라왔다가 꽃밭인지 풀밭인지 모르겠다고 무안을 주었습니다. 딴은 그 말이 틀린 말은 아닙니다.

그러나 내 생각은 다릅니다. 사실 풀을 잡겠다고 꽃밭에 들어간 적이 여러 번 있습니다. 풀이라고 뽑아 버리려 호미를 대다 보면 앙증맞은 꽃들을 달고 있지 뭡니까. 풀도 꽃이 피니 화초였습니다. 오히려 화려한 이름을 달고 있는 꽃들보다 은밀하고 소박한 아름다움을 조용히 품고 있는 겁니다. 그걸 굳이 풀이니 화초니 재래종 꽃이니 서양종 꽃이니 따지고 분류하다 보면 개념만 남지 실질적인 느낌, 즉 즐김은 엷어지기 십상입니다. 그래서 우리 꽃밭은 세계적이면서도 한국적인 꽃밭이고 바로 내 사념의 종합 운동장입니다.

식물이 꽃을 피운다는 것은 생존이고 자기 존중입니다. 그들에게도 종족 본능이 있어 섭리대로 최선을 다하는 모습은 경이롭기도 합니다. 천진무구한 동화작가 권정생 선생은 옛사람들은 풀이나 새와도 대화를 했다는데 사람들이 너무 욕심을 부려 모두 입을 다물어 버렸다는 것입니다. 그분만이 아니라 식물을 연구하는 화학 연구원 마르셀 보겔은 오랜 시험 끝에 식물은 우주에 뿌리를 둔, 감정이 있는 생명체임을 발견했습니다. 인간의 입장으로 본다면 식물은 장님이자 귀머거리, 벙어리일지도 모르나 그는 실험을 통해 그들이 인간의 감정을 알 수 있는 대단히 예민한 생명체라는 것을 증명했고, 식물들이 인간에게 유익한 에너지를 방출하고 있으며, 인간은 그것을 느낄 수도 있다는 것을 믿게 되었습니다. 사실 보겔은 일찍이 수도회에 들어가 수행했으나 식물들과 교감을 한 후 그 길을 포기하고 식물 연구에 한생을 바쳤습니다.

낯선 풀이 지천이어서 뽑아 냈더니 남은 포기들이 보랏빛 꽃을 피웠습니다. 꿀풀입니다. 생명 가진 풀들은 저마다 꽃을 피운다는 것을 요즘 압니다. 그러니 풀꽃 밭에 일부러 잡초를 뽑아 낼 생각을 거두었습니다.

사람 사는 이치도 다르지 않습니다. 유, 무식을 떠나, 재산이 많고 적음을 떠나, 좋은 직장이거나 날짐을 지거나 간에 자기 일을 갖고 열심히 살면 거기 보람이라는 꽃이 반드시 피어납니다. 공평한 자연이요, 안배된 섭리입니다. 그러니 그대도 너무 기죽지 마시고 그대만이 할 수 있는 것에 전력 투구해 보시면 어떨까요? 젊은이에게는 젊은 감각이 있고 나이 든 사람에게는 지혜와 경륜이 있습니다. 풀꽃도 꽃이 피면 어엿한 화초랍니다.

축제의 마당에서는

수필로 쓴 인생론이라는 원고 청탁서를 받고 막연했다. 인생이라는 자체가 사람살이의 과정이니 몇 줄로 써낼 만한 것이 아니라는 중압감 때문이다. 그때 떠오른 것이 '인생은 짧고 예술은 길다'라는 문구다. 머리에 먹물 든 사람이면 누구나 알고 있는 어찌 보면 너무 흔해서 상투적이기까지 한 말이지 않는가. 그러나 곱씹어 보면 볼수록 무릎을 칠 만한 명언임에는 틀림이 없다. 도대체 누가 이런 말을 지어내어 두고두고 사람들 입에 회자되게 하는가.

의문은 출처를 찾느라 고심했다. 드디어 그가 그리스의 의학자 히포크라테스의 말이라는 사실을 알았다. 사람들은 다 아는 사실인데 무지한 나만 모르고 있었던 것이다. 그가 예술가 중 한 명이라면 그냥 해 본 소리로 치부할 수도 있겠으나 사람의 생명을 다루는 의학자라는 데 온전히 수긍했다. 사람의 몸은 유한하다. 의료계에서 숱한 생명의 종말을 본 그는 생명의 허무까지 느꼈을지도 모른다. 그 결과 사람의 일생은 짧고 예술의 가치는 영원하다는 깨우침을 받았을 것이다.

사람들은 덜 허무한 것을 찾기 위해 문학이나 미술 · 음악 등 예술에 몰두하게 되었을 것이다. 사람은 가도 영원히 남는 것이 예술일진대 맞아떨어진 욕망의 잔해일지도 모른다.

나이가 들어가니 육체라는 것이 얼마나 요망한 것인지 자주 느낀다. 하루하루 퇴행해 가는 소멸의 과정이니 당연한 것으로 받아들이는 것이 상책이나 쉬운 일이 아니니다. 기껏해야 7,80년, 아니 지금은 백세 시대라니 백 세로 친다 해도, 오관으로 맛보는 살아 있음의 재미, 기쁨, 슬픔을 느끼지 못하고 숨만 쉰다면 그것이 무슨 생명이겠는가.

나는 젊어서 닥친 신체적 시련 때문에 남다른 세월을 보냈다. 그런데 그것이 내게 장애만은 아니었다. 육체의 한계를 느낄수록 정신의 영역으로 심취하고 무엇인가 표현해 보려는 열망이 수필을 만나게 했다. 인생의 오후에 일어난 일이다. 어떻게 사는가를 배우는 데는 전 생애를 요한다는 말이 요즘 내게 절실해지는 것은 오후도 저물어 밤이 가까워 오기 때문이다.

그래서 나는 인생은 축제의 마당이라 생각한다. 누군가가 목적이 있어 나를 축제의 마당에 초대했으니 살아 있는 동안 축제를 즐기는 것이 당연하지 않겠는가. 소리가 지워진 세상은 빛이 더욱 찬란했고 향기가 그윽했으며 살아 내는 마디마디가 맛있었다. 감사했다. 이 축제 마당은 편도뿐이니 돌아갈 걱정은 뒤에 맡기고 오직 오늘을 즐겁게 사는 것이 내가 할 일이다.

더구나 재미있는 축제 마당에서 이렇게 저렇게 만나는 사람들이 또

흥겹고 아름다우니 사람에도 취할 밖에. 글을 생각하고 글로 나누고 자기를 표현하는 방법이 모두 다른 인생 예술가들, 그들의 자잘한 이야기가 내게 위안이 되고 기쁨의 원천이 되기도 하니 이 아니 축복인가.

요즘은 농장에 가서 작물을 심을 밭에 비닐을 씌우는 일을 한다. 해빙된 땅의 숨결이 보드라워 흙을 만지며 순해지고 슬그머니 다가서는 산자락이 다정한 벗인 양 편안하다. 낮에 일을 하고 나면 하루에 한 번 밤을 주심이 그렇게 고마울 수가 없다. 밤의 안식을 위해 낮에 일한다는 것도 좋지만 열심히 일한 후에 오는 휴식의 시간이 훨씬 더 좋은 것은 나는 축제의 마당에 있기 때문이다.

그래서 해가 있는 동안에는 무엇을 하든지 열심히 한다. 기쁘게 한다. 그 결과가 글로 써져 누군가의 가슴에 꽃이 되면 나야말로 히포크라테스 할아버지께 감사드릴 일만 남은 것이 아니겠는가.

현자들은 인생살이를 구분해서 살라 가르친다. 만나서 알고 사랑하고 헤어지는 것이 인간의 슬픈 이야기라고, 그러니 남을 위해서 사는 인생만이 값어치 있는 인생이라고. 그러나 나는 버릇없는 아이처럼 토를 달고 싶다. 어찌 이 소중한 잔치 마당에서 남을 위해서만 살라고 하는가, 우선 내가 기뻐야 남도 기쁘게 할 수 있지 않는가. 하기는 희극 배우들은 속에서 천불이 날 만치 힘들어도 대중 앞에 서면 저절로 웃기는 말이 나온다고 하니 그의 역할은 특별히 안배받은 것일지도 모른다. 하지만 나는 평범하고 미욱한 사람이라서 우선 내가 행복하기를 꿈꾼다.

이제 돌아갈 길만 남았다. R.P 스미스라는 사람은 「뒷생각」이라는 글에서 이렇게 말했다. 인생에서 목표로 삼을 것이 두 가지가 있다. 첫째는 자기가 원하는 것을 소유하는 것이고, 둘째는 그것을 즐기는 일이다. 가장 슬기로운 사람만이 둘째의 목표를 달성할 수 있다. 이 말 끝에 따라붙는 어리석은 남자가 생각난다. 톨스토이가 만들어 낸 사람이다. 그는 땅 주인이 해가 떨어지기 전까지 갔다가 오는 그 땅을 주겠노라 한다. 농부는 죽을힘을 다해 아주 먼 곳까지 달려 땅을 차지했으나 돌아갈 시간이 남지 않았다.

살아 있음만도 축복이다. 축제의 마당에 갔거든 마음껏 즐겨야 한다. 자기에게 부여된 여건 속에서 해가 있는 동안 하고 싶은 일을 하며 그늘에 있는 사람들을 보듬는 것, 그것이 초대받은 사람들이 할 일이다. 저 위에서 숨은 것도 보시는 분은 이런 망둥이를 어떻게 보실지 그것이 걱정이다.

천리千里 고운 달을

배꽃이 지고 있다. 달빛 교교한 과수원에 꽃잎이 흩날린다. 지금 누가 이별하는가, 꽃잎 사이로 시조 한 수가 들린다.

> 이화우 흩날릴 제 울며 잡고 이별한 임.
> 추풍낙엽에 저도 나를 생각하는가.
> 천 리에 외로운 꿈만 오락가락하도나.

얼굴도 모르는 한 여인이 오랜 시공을 넘어와 슬며시 옷소매를 잡는다. 저 고운 달을 함께 보고 싶은 사람, 이매창.

내가 매창의 문학을 처음 만난 것은 십대, 이 시조 덕분이다. 어린 문학 지망생은 매창과 유희경의 사랑에 알 수 없는 이끌림을 받고 배꽃이 필 무렵이면 이 시조를 읊었다. 누군가를 가슴에 품고 산다는 것은 위험한 곡예를 하는 일이기도 하나, 예술을 창작하는 이들에게는 창작의 영감을 담은 샘을 하나 지니고 사는 일이다. 어려서 매창의 시에 넋을 빼앗겼다면 세월이 갈수록 인간 매창에게 더 깊이 매료되는 까닭이 무엇인가.

그는 기생이라면 갖추어야 할 빼어난 미모가 아니었다. 천민 출신이었다. 게다가 중앙 무대가 아니라 변방의 기생이었다. 그럼에도 사대부들의 주목을 받았다. 시에 밝고 글을 알고 노래와 거문고를 잘했다는 것이 중요한 단서일 수도 있으나 과연 그것이 전부일까.

1573년에 출생해서 38세를 살고 세상을 떠난 매창은 허난설헌과 함께 조선시대의 대표적 여류시인으로 평가받는다. 허난설헌이 명문가에서 출생한 데 비해 매창은 선조 6년 부안현의 아전이던 이탕종의 서녀로 태어나 출생부터 비극적 요소를 안고 있다. 그가 태어난 해가 계유년이라 계생 또는 계랑이라 하였으며 향금이라는 이름도 있었다고 전한다.

사람들은 매창보다 먼저 태어나서 한 시대를 주름잡다 간 황진이가 얼굴 정면을 보여 준 시인이라면 매창은 옆모습을 보여 주었다고 한다. 자기 중심적인 삶의 방식으로 나의 기준과 나의 가치를 척도로 삼고 기녀의 삶을 훌쩍 뛰어넘어 고차원의 삶을 산 황진이와 달리 매창은 기녀의 운명을 그대로 받아 안고 자신의 운명 안에서 최대치를 다하여 살았다는 데서 친근감과 흠모의 정까지 솟게 한다. 상냥하고 온유했으며 사람을 편안하게 하는 깊이 있는 인간성의 소유자였다. 하여 당대의 문인들 글에 그 이름이 오르고 서간을 남긴 것이 아닐까 싶다.

부안의 기생 매창이 40대 중반의 대시인 유희경을 만난 것은 18세

때다. 시절은 임진왜란이 일어나기 전해인 1590년 또는 1591년쯤으로 추정하나, 그것이 무슨 대수인가.

문헌에 따르면 매창에게는 세 남자가 있었다. 18,9세 때 만나고 죽을 때까지 사랑한 유일의 남자 유희경. 그가 서울로 떠난 후 잠시 만났던 김제 군수 묵재 이귀, 그리고 허균이다. 그 가운데 위의 시조를 남기게 한 장본인 유희경은 일생 동안 그리워하며 열정을 쏟은 단 한 사람 연인이다. 28세 연상의 시인이었다. 유희경은 어떤 사람인가.

유희경은 과거를 볼 수 없는 천민 출신이다. 한양에서 유명한 시인으로 추앙받던 유희경은 일찍부터 시에 재능을 보여 훗날 영의정까지 오른 사암 박순에게 당시唐詩를 배우고 많은 문사들과 시로써 교분을 쌓았다. 이러한 대시인이 호남 지방을 유람하다 부안에 닿았다. 당시 서울까지 명성이 자자하던 젊은 기생 매창을 직접 대면한 순간 그들은 서로 알 수 없는 강한 이끌림을 느낀다. 마치 영혼이 합일하는 듯한 강한 충격이었다. 어쩌면 그들은 특별한 재능과 높은 이상이 있어도 자신의 뜻을 제대로 펼 수 없는 현실에 대한 분노와 상처를 말없이 공유하고 있었던 것은 아닐까 싶다. 이러한 만남을 운명적이라 하는지도 모른다.

이들의 사랑은 시를 매개로 하여 더욱 깊어갔다. 서로의 근거지가 서울과 부안이고 유희경이 부인과 자녀를 둔 유부남이라는 사실은 이들 사랑을 더욱 안타깝게 했을 것이다. 이들이 이별 후 다시 만난 것은 15년 세월이 지난 뒤 전주에서다. 이미 젊음이 가신 중년의 두 사람이 만난 재회의 자리에서 매창은 유희경에게 열흘 간만 함께 시를 논하자고 청한다. 오랫동안 그리다 어렵게 만난 이들에게 둘만의 시간은 참으로 소중했으리라.

유희경은 매창과 나란히 누각에 기대어 달을 보던 기억, 마음 놓고 술에 취한 기억, 원 없이 시를 주고받으며 정회를 나눈 기억을 시로 썼고 평생 소중하게 안고 갔다. 그러나 이 이별은 천 리나 떨어진 이들에게 영원한 이별이 되었다.

그대의 집은 부안에 있고
나의 집은 서울에 있어
그리움이 사무쳐도 서로 못보고
오동나무에 비 뿌릴 제 애가 끊겨라.

—「매창을 생각하며」 유희경

지금부터 4백여 년 전 사람들의 이야기이나 바로 현재 우리들의 이야기 같은 느낌이 드는 것은 사랑의 본질이 본래 안타까움이어서 그런지도 모른다. 사랑하지만 함께 살지 못하고 멀리 떨어져 그리워만 해야 하는 정인들의 마음은 예나 지금이나 다를 게 없다. 어떤 사람은 진정한 사랑은 불륜이라 해도 아름답다고 했다.

수수하고 정 많고 사려 깊은 매창의 또 하나의 정인은 허균이다. 조선 중기의 문인으로 학자이자 「홍길동전」을 쓸 만큼 역량 있는 작가이며 정치가였다. 뛰어난 실력을 갖추었으나 여색을 탐해 팔도 기생과 교분을 갖고 공무로 지방에 갈 때도 염문을 일으켜 파직을 당하기도 하는 그 시절 한량이었다. 그가 세금을 걷으러 전라도를 돌 때 매창을 만난다. 첫 만남에서 하루 종일 술잔을 기울이며 시를 논한 허균은 매창과 잠자리를 같이 하지 않고 정신적인 교감만 가졌다. 그것은 비록 천한 기생이지만 똑같은 인간으로서 대우를 하였고 매창의 시를 좋아했기 때문일 것이다. 그리하여 십여 년 간이나 우정이 지속되었고 매창이 세상을 떠나자 통곡을 하고 시를 지어 바쳤다는 이야기가 전해지고 있다. 두 사람이 나눈 사랑이야말로 진정한 플라토닉 러브가 아니겠는가.

매창의 연인들은 천 리나 떨어진 시공간을 초월해 서로 그리워하고 기다리고 시심을 공유했다. '인생은 짧고 예술은 길다'고 했지만 사랑은 형체가 없어도 영원하고 그 사랑에 뿌리내린 예술은 인류가 존재하는 한 지속될 것이다.

그대는 천 리에 고운 달을 함께 볼 사람을 가졌는가.

장날 만보漫步

2월도 저문 스무이레 날, 음성 장날이다. 2월은 겨울과 봄의 샛강이다. 응달에는 잔설이 뒤돌아보는 겨울의 얼굴이고 양지에는 마른 풀더미에서 새싹이 돋아나는 봄의 얼굴이다. 이맘때면 겨우내 먹은 김장 김치가 물리고 뭔가 시퍼런 채소가 아쉬워진다.

수요일, 창작 교실 수업을 끝내고 회원들 대여섯이 두런두런 장으로 향했다. 시골 장터에 나타난 말끔한 여인들은 떼로 몰린 것도 눈길을 끌 만한데 목을 길게 빼고 물건을 살피는 모습 또한 이색적이었다. 굽 높은 구두에 세련된 핸드백, 짧은 치마에 은은한 화장기는 장꾼이 아니라 구경꾼임이 분명해 보인다.

벌써 수정교에는 봄꽃 화분들이 종이 박스에 담겨온 병아리들처럼 빼곡하게 들어앉아 피어 있고 그 옆에서는 띵까띵까 엿판을 차려 놓고 품바가 한창이다. 두꺼운 외투를 벗어던진 사람들이 느릿한 걸음으로 포장마차 비닐 안으로 들어선다. 요 근래 보기 어렵던 햇살까지 환해서 장터는 어느 때보다 활기차다. 장 모퉁이 좌판에서 표고버섯을 파는 남자가 맛을 보라며 실한 놈 하나를 집어 쪼개더니 인심 좋게 여인들 손에 들려 준다. 여인들은 그것이 무슨 보양식이라도 되는 듯 받아서 입 속으로 구겨 넣으며 또 호호거리다가 누군가 만 원 지폐를 뽑아들었다. 아니나 다를까, 너도 나도 빼든 지폐는 자그마치 일곱 장, 남자는 순식간에 좌판 물건을 반 남아 팔아 버려 입이 헤벌어졌다. 고수다 고수야.

한쪽 손에는 책이 들어 있는 핸드백, 또 한손에는 큼지막한 표고버섯 비닐봉지, 그러니까 이 서툰 꾼들은 장바닥 초입에서 물건을 사들었으니 생선전, 채소전까지 돌아오자면 진땀 빼게 생겼다. 좀 무거운들 어떠랴, 얼굴에 주름은 웃음으로 감추고 이제는 완전 주부 스타일이다. 고상하다거나 교양이 있다거나 체면을 차린다거나 하는 짓은 없다. 식구들 저녁 찬거리를 찾는 열혈 주부들이 되어 물건 좋고 착한 가격을 찾아 맹공하는 모습들이다.

그렇게 장을 한 바퀴 돌았다. 콜라비, 마늘잎, 닭발, 물미역, 브로콜리, 마른 생선을 사든 여인들은 양손에 가족들 입을 매달고 오리걸음이다. "마트보다 싸네." "물건도 싱싱하고." 저마다 한 마디씩 하는 그 목소리 뒤로 씩씩한 목소리가 삐져나왔다.

"나두 사가유우."

그 말에 까르르 웃음이 터진다. 남도에서 올라온 새봄을 쌓아 놓고 호객하는 여인. 봄동이 싱싱하다. 아무도 눈길을 돌리지 않고 지나가기만 하니까 야속했던 것일까. 나도 사가라는 충청도 사투리 그 중저

음의 늘어지는 '유우'자의 여운이 밉지가 않다. 이때 뒤따르던 남자 회원 하나가 묻는다.

"월만데유우?"

또다시 까르르 웃음이 터진다. 이래서 시골 장날은 푸짐하고 넉넉하다. 닭발을 담아 주던 상인은 닭다리 서너 개를 덤으로 넣어 주고 까짓 거 기분 좋으면 아까 그 여인처럼 자기도 내놓을 기세다. 마른 생선가게 총각은 오징어포를 한 주먹 쥐어 주고 김을 구워 파는 내외는 지나가는 사람 옷깃을 잡고 고소하게 구운 김 한 장을 내민다. 숙녀들 체면에 도무지 어울리지 않는 군것질을 태평하게 하면서 느릿느릿 걸어가는 여인들 뒤로 나도 사 가라는 한 마디가 후렴구처럼 따라 붙는 여기는 음성 오일장 인심 좋은 장바닥이다.

아마도 오늘 밤, 제천, 충주, 청주에서는 저녁상에 봄을 차려 놓고 식구들이 둘러앉아 웃음꽃을 피울 것이다.

유월

한해도 반 고비에 들어섰다. 정월부터 오월까지가 파종하는 시기라면 유월은 결실을 시작하는 일 년의 후반기에 해당한다.

올 유월은 왠지 나에게 새롭게 다가온다. 조금 높은 지대인 농막에서 내려다보면 초록, 초록의 향연이 안정감 있게 펼쳐진다. 봄의 새순이 나풀거리며 하늘에서 내려오듯 신선하고 환희롭다면, 유월의 새순은 뿌리로부터 든든한 양분을 빨아올려 성장하려는 나무의 깃발이다. 호들갑스럽지 않고 산만하지 않다. 바로 앞 과수원에는 열매솎기가 끝난 사과나무에 새순이 일제히 올라와서 초록 바다가 된다. 새순은 곧게 올라온다. 아래 논에는 지금 세 포기씩 심은 볏모가 새끼치기에 바쁘다. 거기서 내뿜는 초록빛은 바로 생명이고 밥줄이다.

이 나이에 잃었던 유월을 다시 찾는다. 열두 살 나이로 치른 6·25 이후, 나의 목가적인 유월은 실종됐었다. 유월은 포탄이 날아오고 사람이 죽어 가고 배고픔과 공포에 떨던 기억으로 채색되어 초록빛 찬란한 본연의 계절을 잃어버렸다.

그런데 수십 년이 흐른 이제 아픈 기억은 잘려 나가고 내 감관으로는 유년에 보았던 그 유월이 들어와 있다. 농막 창으로 채색되는 고추밭 이랑이 한 폭의 동양화다 유연한 곡선으로 이랑을 타서 심은 푸르게 자라나는 고추와 이랑과 이랑 사이에 내비치는 흙빛의 조화가 구도며 색채의 미적 정점을 이룬다.

며칠 전 미타사 선다원에 들렀을 때였다. 팽주인 우담 보살은 보이차를 우려 찻잔에 따르고 있을 때, 한 이웃이 산나물을 뜯으러 가자고 했다. 우담 보살은 지금은 멧돼지가 새끼를 쳐서 더 사나워지므로 위험하다고 했다. 그렇다, 유월은 만물의 어미들이 부지런하게 새끼를 쳐서 종족을 번성시키는 산달이다.

농부들이 이른 봄부터 밭 갈고 씨 뿌려 모종해 기르는 작물들이 제자리에 착근을 하느라 몸살을 하다가 비로소 안정하고 성장을 하는 때다. 하늘에서는 장마라는 우기를 두어 작물에 충분히 물을 대 준다. 그 바람에 농부들은 굽은 등을 펴고 편히 쉬며 애호박을 따다가 밀적을 부쳐 일하느라 소원한 이웃과 막걸리 잔 기울이며 정을 나눈다.

하지가 들어 있는 유월은 반 고흐의 「감자 먹는 사람들」 그림이 다가온다. 그 풍경은 우리에게는 익숙한 소재다. 햇감자는 하지가 지나야 제대로 여문다. 또 하지 전후해서 장마가 들기에 시골에서는 그때가 감자와 마늘의 수확 적기다.

감자를 캐서 헛간 바닥에 펴 놓으면 엄마는 잔챙이부터 먹으라고 성화를 댔다. 그때는 흰 감자는 드물고 자주감자여서 큰 물박에 담아

다가 몽당숟갈로 껍질을 벗기는데 시간이 많이 걸렸다. 어머니는 어린것이 답답했던지 옹기 자배기에 감자를 쏟아서 보리쌀 으깨듯이 으깨면 껍질이 벗겨졌다.

유월은 텃밭에 첫 오이를 따는 때고 마디마디 매단 마디 호박을 한꺼번에 열 개도 넘게 따는 시기이고 방아다리 고추가 주렁주렁 입맛을 돋우는 때다. 비 오는 날이면 텃밭에 상추를 따다가 부득부득 씻어 잘박한 된장찌개 넣고 보리밥 한 양푼 비벼 소담스레 퍼 먹는 축복의 계절이다.

가을에 심어 첫 수확을 하는 겨울을 난 밀이며 보리, 마늘을 수확하는 시기다. 여인의 자궁 안에 새 생명이 자라듯 유월은 살아있는 것들이 제 자리에 안착하며 안으로 성숙하는 축복의 계절이다. 꽃 모종도 콩 모종도 들깨 모종도 유월까지다. 이 시기가 지나면 모든 심어진 것들은 더 이상 옮기지 않고 제자리에서 성장한다. 그래선가 인도에는 동안거 하안거와 함께 우안거雨安居가 있다고 한다. 비를 맞으며 활발하게 돋아나는 초목의 생명 활동을 훼방놓을지 모른다는 이유에서 가만히 한 곳에 머물러 수행하라는 것이다.

유월의 초록빛을 선명하게 받쳐 주는 것은 망초꽃 무리다. 산 밑 묵정밭에 무리 지어 피어나는 망초꽃의 흰빛은 초록을 껴안은 어머니의 치맛자락 같다. 푸근하다. 거기 몸을 던져 낮잠 한 번 실컷 자고 싶다. 나는 지난 60여 년 간 망초꽃을 6·25전쟁에 죽어간 장병들의 혼령들이 꽃이 되어 피어났다고 생각했다. 망초꽃을 볼 때면 무심하지 못했고 아팠다.

이제는 그런 강박관념에서 벗어나서 무심히 망초꽃을 본다. 망초꽃은 평화롭다. 해질녘이면 그 꽃은 더욱 아스라해져서 천지에 활력으로 넘치는 계절의 분망을 고요히 받쳐 주고 있다.

사람을 생각한다. 사람의 유월은 어디쯤일까. 팔십을 산다면 사십이 반 고비일 터. 내 인생의 유월은 이미 오래전에 지나갔지만 다시 찾은 유월을 만끽하며 나도 올해는 조용히 우안거에 들어가 볼 참이다.

맹물 밭

지열이 이글거리는 날씨에 밭일을 한다. 읍내 아파트에서 늦은 아침을 먹고 나서면 해가 중천에 뜬다. 우리 집 일은 이때부터 시작된다. 일용할 고추 몇 고랑 심어 놓고 참깨 씨 서너 골 뿌려 놓고 가꾸는 일인데도 오후가 되면 갈증이 생긴다. 이런 때 금방 길어온 지하수 한 대접을 벌컥벌컥 마시면 제왕도 부럽잖다. 전에는 시원한 탄산수나 미숫가루를 탄 물, 오렌지주스 같은 음료수를 즐겨 마셨다. 나이가 들면 식성도 변하는지 이즈음에는 달거나 향이 나는 음료수보다 맹물이 좋다.

시아버님이 병석에 계실 때다. 언제 임종을 맞이할지 예측이 어려운 노인을 두고 어머님은 새벽이면 물병을 등에 지고 약수터를 오르셨다. 속내를 알 길 없는 식구들은 간병으로 힘이 든 노인이 바람을 쐬러 가시는 모양이라고 생각했고 아버님은 아버님대로 은근히 서운해하시는 눈치였다. 그럼에도 어머님의 산행은 눈이 오나 비가 오나 계속되었고 요지부동이었다.

약수터 은행나무가 노랗게 물들어 가던 날이었다. 그날도 이른 새벽 약수터에 다녀오신 어머님이 집에 들어서자마자 하얀 사기 대접을 쟁반에 받쳐 들고 아버님 방으로 들어가는 것이었다.

문 안에서 "아하, 차암 시원타."는 나직한 음성이 들렸다. 곡기를 끊다시피 한 아버님은 그 상황에서도 어머님이 길어다주시는 냉수 한 대접으로 연명하고 계셨던 것이다. 어머님 연세가 일흔 넷이셨으니 노구로 오 리 길 반홍산 약수터 길이 무리일 터였지만, 오직 지아비를 위해 매일 힘든 일을 계속하신 것이다. 사람이 원적原籍으로 귀소할 때쯤이면 미각도 오미에서 벗어나는 모양이다.

요즘 나는 맹물에 취해 산다. 아무 맛이 들어 있지 않는 무취, 무색, 무미의 맹물, 징하게 단순한 그 맛에 왜 이렇게 현혹되는지 이상한 일이다.

사람으로 치면 영아기가 맹물일 터다. 세상 무엇에도 영향받지 않고 자연처럼 생겨난 원점의 상태, 그래서 아기를 바라보고 있으면 한순간 나도 아기가 되는 기분이다. 맹물로 출발해서 말을 배우고 인지 능력이 생기면서 맹물은 조금씩 맛이 생긴다. 달콤한가 하면 비릿하고 시큼한가 하면 고소하고 귀염을 떨고 키가 크고 고집이 생기고 지식이 늘어갈수록 맹물하고는 멀어 간다.

아기는 자라면서 맛의 노예가 된다. 단것을 취하고 아이스크림이나 초콜릿 등 인공 조미에 현혹된다. 이렇게 청소년이 되고 어른이 되면서 맛을 찾아 불원천리 길을 떠난다. 그렇게 어른이 되었다. 맛으로 출발한 욕망의 수치가 늘어나면서 세상을 휘젓다가 어느 시기가 오면 맹물이 그리워진다.

며칠 전 '섬이 슬픔에 잠겨 있다'는 메일 한 통을 받았다. 43년 동안 소록도에서 한센병 환자를 보살펴 온 외국인 수녀 두 분이 편지 한 장을 남기고 몰래 섬을 떠났기 때문이라고 했다. 일흔한 살의 마리안 수녀, 일흔의 마가레트 수녀가 그 주인공이다. 이들은 젊은 나이로 소록도에 와서 맨손으로 나병 환자들의 환부를 치료하며 평생을 그들과 살다가 이제는 나이를 먹어 그들을 돕지 못하고 오히려 짐이 될 수 있다며 오스트리아 고향으로 아무도 모르게 떠난 것이다.

부족한 외국인으로서 큰 사랑과 존경을 받아 감사하며 자신들의 부족함으로 마음 아프게 해 드렸던 일에 대해 이 편지로 용서를 빈다고……. 나는 그날도 메일을 읽으며 맹물에 취해 목이 메었다. 순도 백프로의 맹물 밭이 아니고는 이런 깊은 사랑꽃을 피울 수 없을 것이다.

요즘 가끔 맹물이 되는 생각을 한다. 내 시모님은 지아비를 위해 평생 맹물로 사셨고 그 맹물 밭에 부덕이라는 꽃을 남겼다.

사람도 맹물로 출발해서 온갖 감미 넘실거리는 연륜의 밭에 갖가지 작물을 심어 가꾸고는 돌아갈 때는 다 내려놓고 다시 맹물로 귀환한다. 기억을 지우고 애증을 지우고 욕망도 내려놓고 처음 올 때처럼 그렇게 귀환한다. 그때쯤이면 음식도 기름진 것이 싫어지고 담백한 것이 좋아진다. 사람과의 관계도 복잡한 것을 피하고 싶어진다. 체면에 매이지도 부귀영화에 목을 매는 일도 부질없어지고 치렁치렁한 세상 옷이 거북스러워진다. 그냥 가볍고 단순하고 따뜻하면 좋다. 말하자면 오염된 내 안의 텃밭을 정화시켜 맹물 밭으로 경작하는 일이 마지막 남은 희망이어도 좋다.

날씨가 봄을 실종시키고 대뜸 여름으로 진입하더니 고추밭 골이 찜질방이다. 이 염천에 밭고랑에 앉아 풀을 뽑는 것도 맹물 되는 수업이지 싶다. 내 안에 창궐하는 잡동사니를 땀으로 빼고 맹물 한 대접으로 배를 채우고 나면 내 안에도 맹물 밭 한 뙈기 들어앉을지 모르겠다.

잉태의 바람

지금은 3월이다. 나는 꽃피는 계절이 오는 것을 시각이나 청각을 통해 아는 것이 아니라 몸을 통해서 안다. 겨우내 웅크렸던 몸이 펴질 만하면 어김없이 오는 바람을 맞는다. 처음에는 발바닥을 건드린다. 사람들은 발이 시리다고 하는데 나는 시린 것이 아니라 발바닥에서 센 선풍기 바람이 난다. 양말을 신어도 버선을 신어도 심지어는 보온팩을 발바닥에 깔아 보아도 효과가 없다.

다음에는 잘 버텨 주던 허리가 아파 온다. 그냥 아픈 게 아니라 꼬리뼈 위를 톱날로 써는 듯한 아리아리한 통증이다. 파스를 붙여도 안 되고 병원에 가서 물리치료를 받아도 그때뿐 하룻밤 자면 다시 그 시늉이다. 바람은 여기서 그치는 게 아니다. 등줄기를 타고 으스스한 한기가 되어 어깨로 올라온다. 재채기가 줄나팔을 분다. 옷을 더 입어도 소용없으니 이 추위를 감당할 방법이 없다. 온몸이 뼛속까지 시리다.

시간만 나면 베란다에 나가 햇볕 바라기를 해 보나 가슴속까지 불어오는 찬바람은 피할 도리가 없다. 컨디션이 제로다. 식구들은 겨우

내 저항력이 떨어져서 그러니 특별히 건강 관리를 해야 한다고 걱정이다. 하지만 나는 구식 사람이라 침대의 온도를 높이고 이불을 쓰고 누워 있는 것이 최상의 치료법이다. 어려서 고뿔이 들면 어머니는 어린 것을 군불 지핀 아랫목에 이불을 둘둘 말아 술독처럼 앉혀 놓고 콩나물국에 고춧가루를 쳐서 건네주셨다. 그때 기억이 나서 콩나물국을 마시고 누워 있자니 이 바람의 정체가 궁금해지는 거다.

달력을 보았다. 우수 경칩 다 들어 있는 3월, 밖엔 봄이다. 성급한 젊은이들은 반팔 티셔츠를 입고 활기차게 걷는다. 나이가 들어 몸이 계절 감각을 잃어버리고 반란을 하는 것은 아닐까. 잃어버리는 것이 어찌 계절 감각뿐이랴. 시간의 흐름도 기억의 필름도 자꾸 퇴행해 가고 몸의 감관도 둔해 간다.

달력을 보는 동안 눈이 점점 커졌다. 어미가 된 것이 3월이었다. 그것도 한 생명이 아니라 두 아이의 출생이 3년 터울로 앞서거니 뒤서거니 한달이다. 하늘이 쪼개지는 듯한 통증을 가르고, 그랬다. 허리를 예리한 톱날로 마쳐 없이 썰어 대는 진통, 산구완을 하던 어머니는 아기가 세상에 나오려고 문을 잡는 것이라 했지. 너도 그렇게 태어났다고. 일주일 간격이다. 그래서 몸이 먼저 말했던 것일까. 아무래도 불가사의해서 뒤로 되짚어 나갔다. 헤아려 가노라니 열 달이 머무는 곳이 바로 5월이다. 어째서 두 아이가 다 한 무렵에 태어난 것인가.

그러고 보면 5월 탓이었다. 5월은 나를 가만두지 않았다. 신록이 피어나는 그맘때면 육체의 온 세포가 있는 대로 열리고 마음은 이를 감당 못해 또 허둥대지 않았던가. 몸이 먼저인지 마음이 먼저인지 알 길은 없다.

이런 관능적 욕구가 그를 불러들였거나 아니면 간절하게 차오르는 그리움이 그를 조종했거나 그는 5월이면 돌아왔다. 천리 길도 마다않고 그림 전시 준비로 눈코 뜰 새 없어도 아카시아 피는 봄밤을 같이 보내 주었다.

나는 이제야 그 이유를 알았다. 왜 해마다 3월이면 죽게 앓거나 중병 들린 여자처럼 해쓱하니 양달을 찾아 드는지……. 그러니까 50년도 더 넘는 세월, 내 몸은 해마다 3월이면 출산을 했던 것이다. 여인의 모태에서 열 달을 머물다 탄생하는 생명의 고리는 탯줄로 이어져 신비하다 했으나 나에게는 탯줄보다도 더 끈끈한 생명 이전의 그 무엇이 궁금해지는 요즘이다. 만주 땅을 헤매던 독립투사도 삼신할미가 부르면 고국으로 달려와서 아버지가 된다는 불가사의한 신비를 어떻게 해명하겠는가.

오월은 심란한 계절이다. 햇빛은 꽃잎에 화사한 문신을 새기고 바람은 비밀을 풀어 내 현현하는 생명으로 사람들 맥박을 벅차게 뛰게 한다. 나는 이 바람을 잉태의 바람이라 부른다. A.E.M 노아유라는 시인도 그 무리 중에 하나였던지 「어느 5월 밤의 매력」이라는 시로 심중을 토로했다.

어느 5월 밤의 매력이여

그대 나에게 무슨 말을 하려는가?

사랑에 그득 찬 몸뚱이같이

그대 나에게로 오는구나.

〈중략〉

하지만 오 바람이여.

좀더 내 곁에 머물러 있어라.

향기 풍기는 부드러운 바람이여.

— A.E.M 노아유, 「어느 5월 밤의 매력」

이 시를 읽으면 나를 몸살나게 했던 아카시아 숲에 내리는 5월 밤의 바람이 되살아난다. 5월이 저질러 놓은 퀴즈를 이듬해 3월에 풀어야 하는 비극적인 여체, 그래도 생명을 품어 키운 모체이니 거룩하지 않는가.

4

개구리를 순찰하다

가을 신사, 은행나무

서리가 내리면 인근의 초목이 두 가지 빛깔로 나뉜다. 철모르고 푸르던 풋것들이 한꺼번에 담청색으로 주저앉는가 하면 나무들은 더 붉게, 노랗게 불을 지핀다. 밭둑이 환하다. 마을에서도 외돌아 앉은 골짜기가 갓등을 밝힌 대청처럼 환한 것은 두 그루의 은행나무 때문이다. 한 잎도 빠짐없이 노랗게 물들여 놓은 계절의 솜씨에 감탄하면서 하염없이 우듬지를 올려다본다.

꽤 오래전, 그때 매스컴에서 은행나무의 효용성을 두고 대서특필했다. 은행 열매는 물론 잎사귀까지 귀한 약재로 쓰이니 많이 심으라는 권고까지 있었다. 그 때문만은 아니었지만, 밭 끝머리 경사진 곳에 심을 만한 과목이 마땅치 않아 궁리하다가 은행나무를 구해 심었다.

올가을 들어 두 번의 서리가 내렸다. 서리가 내릴수록 폭발할 듯 환해지는 은행나무에 반해서 자주 이 농막을 찾는 내 마음을 마을 사람들은 알 턱이 없다. 길에서 마주치면 굳이 손을 잡고 당신 아들 혼처 좀 알아보라고 은근히 재촉하는 눈길들이 더욱 간절해졌다. 원칭이 댁이 손꼽는 마을 노총각이 자그마치 열, 나이 서른에서 마흔셋까지란다. 직장 있고 농토 있어 먹고 사는 일은 그만하니 무던한 처녀를 알아보라 하지만, 처녀 당사자들이 농촌 총각들을 눈곱만치도 생각하지 않는다는 데 문제가 있다. 요즘은 동남아 처녀들을 데려다가 혼인을 하는 집도 많은데 어쩌자고 이 마을 총각들은 순종만을 고집하는지, 아직 국제 결혼한 사람이 없다.

차에서 내려 정자에서 이야기를 나누다가 천천히 걷는다. 마을 초입에 가로수로 심은 은행나무들은 다산의 촌부처럼 많은 열매를 달고 섰다. 이제 머지 않아 은행들이 떨어지면 동네 사람들이 옴팍 쏟아져 나와서 일삼아 주울 것이다.

은행나무는 은행나무과의 1속 1종이다. 그래서 외로운 나무다. 한 번 심으면 천 년을 살고 수확할 수 있다. 무엇보다도 다른 종들의 나무는 교합되고 변질되고 변형되기도 하나 이 나무만은 중생대의 모습 그대로라고 하니 학술적 가치도 높다 하겠다. 마을 언덕에서 바라보는 우리 집 나무는 오늘따라 더 호젓해 보인다. 주변의 다른 나무들은 아직 황갈색으로 가을을 붙잡고 있는데 은행나무는 여한 없는 표정이다.

열매가 열리기 시작하기 전에는 암나무 수나무를 구별할 방법이 없어 아예 두 그루를 사다 심었다. 우리 집으로 온 지가 8년째니 그만한 나이가 되면 권장인 나에게 뭔가를 보여 줄 줄 알았다. 5월부터 조바심쳤다. 나무 밑을 오가며 올해는…… 올해는…… 하기 3년째다. 기미가 없다. 아직도 수태 고지서를 받지 못한 것일까. 키가 하늘을 찌르고 밑동이 듬직해졌다. 그제야 우리 나무들이 하늘을 보지 못한 것이 아닌가 하는 의심이 들었다.

은행나무는 암수가 따로 있어 바람에 의해 수분이 이루어진다. 그래서 애초부터 두 그루를 사다 심은 것이다. 서로 바라보아야 수태를 한다는 것은 사람으로 치면 신비한 만남의 조건이지 싶었다. 바라본다는 것은 관심이고 사랑이니, 나무들도 서로 바라보는 동안 연정이 생기고 정분이 나고 합치고 싶어 결국 수태를 하는 것이리라 여겼다.

지난 여름, 오랫동안 비가 오던 날씨가 며칠 반짝 갰다. 날이 개자 하늘은 이글거렸고 땅은 용트림을 했다. 며칠이 지나자 꼿꼿하던 벼들이 배가 터지면서 자마구가 솟아올랐다. 그러니까 하늘이 논으로 뛰어내려 벼들을 안고 뒹굴더니 모두 혼인 잔치가 벌어진 것이다. 그것은 천지조화이며 음양의 이치일 것이다.

잎이 푸르렀을 때는 어딘가 열매를 달고 있지 싶었다. 다만 초록 동색이라 눈에 띄지 않을 따름이라고. 그런 자위 속에서도 여름은 가고 가을이 왔다. 마을의 은행나무에는 다닥다닥 붙은 열매가 선명하게 보일 때도 우리 집 나무들은 푸르기만 했다. 나는 혼기 찬 아들을 둔 어미처럼 우리 집 나무들이 멀리 눈을 두어 마을 초입에 있는 은행나무들과 정분이라도 났으면 싶었다. 바로 옆에 있는 나무가 이성이 아니라 동성일 경우도 있으니 자구책을 찾았으면 했지만 나무는 마이동풍이다. 지금 내 마음은 마땅한 혼처를 물색해 달라던 원칭이댁 심정과 다를 것이 없다. 나무는 나무여서 내 초사는 들은 척 만 척, 찬서리

내리는 가을, 마지막 점등에 바쁘다.

황금의 나무, 잘생긴 신사, 잎과 열매, 목재까지 인류를 위해 아낌없이 헌신하는 자애의 나무. 천 년을 살아도 휘지 않고 곧은 자태가 오늘따라 더 믿음직하다. 그럼에도 열 명의 노총각들이 우리 집 은행나무와 겹쳐지는 것은 어인 일인가.

그분의 향기

우리 집에 야래향 화분이 하나 있다. 나무 모양새나 꽃은 그저 그렇다. 꽃이 피지 않을 때는 베란다 한쪽에서 존재 자체를 드러내지 않는다. 여름 저녁 땅거미가 지기 시작하면 그제야 꽃봉오리를 열고 자근자근 향기를 풀어 낸다. 그러다가 동이 틀 무렵이면 꽃은 그대로 있으나 향기는 없다. 밤에만 퍼지는 신비한 향기다. 그 향기에 사로잡혀 밤이 오기를 기다리며 향기의 말에 귀를 기울인다.

그런 향기 같은 분을 알고 있다. 생각만 해도 저절로 입꼬리에 미소가 매달리게 하는 그분은 수사님이다. 수녀님들처럼 독신으로 하느님을 위하여 평생을 헌신하는 수도자다. 훤칠한 키에 뚜렷한 이목구비, 짧게 깎은 상고머리, 긴 수도복을 스치며 복도를 지나가면 순결의 기미가 향기처럼 남는다.

그분을 처음 만난 것은 사회복지시설 꽃동네에서였다. 가끔 봉사하러 그곳에 가지만, 자주 뵐 수는 없었다. 하지만 문학의 밤이나 다른 행사장에서 먼빛으로 그림자만 보고 와도 뿌듯하고 좋았다. 그분은 죽을 때 에이즈라는 병을 앓다 가고 싶다고 했다. 그 순결한 분이 왜 하필이면 끔직한 에이즈에 목숨을 내놓겠다고 하는지 황당하기 이를 데 없었다. 그러다가 어느 기자하고 인터뷰하는 글에서 안개 같은 그 분에 대해 몇 가지 이야기를 알게 되었다.

꽃동네 초창기에 해당하는 시절이니 벌써 30여 년도 전이다. 밤마다 성모님 상 앞에 서서 시간을 보내는 사람이 있었다. 그는 의학도로서 장래가 창창한 젊은이였다. 그가 방학 기간에 봉사자로 꽃동네 가족들을 돌보고 있는 중이었다. 낮에는 병원에서 환자들을 돌보고 깊은 밤이면 성모상 앞에서 긴 시간을 보내는 그를 아무도 눈여겨보지 않았다. 방학이 지나 학교로 돌아간 그는 다음 방학 때 또 봉사를 왔다. 그렇게 몇 년 동안의 왕래를 거듭한 끝에 그는 학교를 졸업하고 꽃동네 병원에 자원하여 들어오고 꽃동네에서 수도자로 살기 시작했다. 오랜 수련 끝에 수사가 된 그는 병원에서 환자를 치료하고 꽃동네 수도자들을 돌보는 숨은 일꾼이 되었다.

나중에 안 것이지만 몇 년째 방학 동안 꽃동네에서 봉사하면서 자신의 성소가 하느님의 뜻인가를 성모님께 여쭤 보느라 밤마다 성모상 앞에서 기도를 했다는 것이다. 그분에게도 세상에 대한 선망이 왜 없었겠는가. 10여 년 간의 의학도 생활에서 부모님의 희생은 얼마나 컸으며 기대 또한 저버리기 어려웠을 것이다. 병든 사람은 도처에 있다. 어디선들 아픈 사람들을 위해 일하면 되지, 평생 독신으로 꽃동네의 불우한 사람들 속에 젊음을 바치기에는 억울한 생각도 없지 않았을 것이다. 그래서 그분은 세상에게 묻지 않고 예수님의 어머니 성모님 앞에서 수많은 질문을 드렸을 것이다. 떼도 썼을 것이다. 그분에게 돌아온 응답을 그분 외에는 모른다. 다만 그는 그 응답의 내용을 온몸으로, 영혼을 다해 살고 있는 것이다.

음성에는 해마다 품바 축제가 열린다. 음성 꽃동네를 설립하게 된 동인이 되었던 거지 성자 최귀동 할아버지의 나눔 정신을 재현해 보자고 한 축제다. 그러기 때문에 꽃동네 가족들이 대거 참여하고 수도자들이 애를 쓰고 있다. 예를 들면 꽃동네 수녀님들과 수사님들이 앞치마를 두르고 밥을 지어 나누고 프로그램에도 적극 참여한다. 이때도 그분은 긴 밤색 수도복을 입고 목에 두건을 두르고 사람들 앞에 선다. 수도복을 자랑함이 아니라 수도사들도 대중 속에 함께 있는 존재라는 것을 몸소 보여 주기 위해서다.

낮에는 수도자로 행정 업무와 프로그램 진행 등에 바삐 살다가 저녁이면 수도복을 벗고 하얀 가운을 입는다. 병실의 밤은 신음 소리가 삼킨 적요가 휑휑하다. 봉사자들도 당직만 남고 돌아가고 함박산 속 병실은 스산하기만 하다. 이때 조용한 발걸음 소리가 들린다. 그리고 그 넓은 병실을 돌면서 한 사람 한 사람에게 따뜻한 손길을 건넨다. 오늘 손잡아 준 분이 내일 밤이면 세상에 없는 불확실한 시간 속에서, 그분은 환자들에게 마지막 인사를 나누듯 다가선다. 청진기로 짚어

내지 못하는 외로움이라는 병도 그분 눈길이 닿으면 눈 녹듯 녹고 그 자리에 사랑이 움튼다. 그분이 특히 마음을 쓰는 일은 임종 환자 돌보기다. 임종에 들어가는 분을 위해 자리를 지키며 손잡고 기도로 배웅을 한다.

우리가 단잠에 빠졌을 때, 하루 삶의 무게로 짓눌리는 육신을 끌고 아파하는 환자들을 찾아가는 그의 행보는 비밀이다. 하루 이틀이 아니고 평생을 그렇게 살고 있는 그분의 여정은 어쩌면 야래향 같은 향기가 아닐까. 기도하고 사랑하고 기쁘게 드리는 일생, 고귀하다. 그러면서도 죽을 때 에이즈 환자가 되어 그들의 고통에 동참하고, 우리를 위해 십자가에서 피를 흘리며 돌아가신 예수님의 고통에 동참하고 싶다는 가난한 소망, 눈물겹다.

야래향이 꽃이 전하는 최상의 향기라면, 그분은 사람이 향기가 되는 최고의 번제물이다.

기차 칸을 세며

노부부가 가만가만 풀을 뽑는다. 호미를 쥔 손등에 동맥이 내비쳐 쏟아지는 햇살에 푸르게 빛난다. 올 봄내 몸살감기를 달고 사는 남편은 기운이 달리는지 호미를 내려놓고 질펀하게 내려다보이는 들녘에 눈길을 꽂는다.

그 들녘을 가르고 기차가 지나간다. 음성역에 정차하지 않고 그냥 지나가는 것을 보니 화물차인 모양이다. 꼬리가 길다. 디젤기관차로 바뀌기 전에는 기차 소리가 칙칙폭폭으로 들렸었다. 언젠가부터 기차 소리는 털커덕털커덕 하다가 요즘은 뿌우웅 한다. 하루에도 여러 차례 기차가 지나가는 철길을 바라보며 일하는 이 언덕에서는 어려서와 마찬가지로 기차는 장남감이다.

무료해지면 노부부는 기차 칸을 센다. 하나, 둘…… 열하나…… 번번이 숫자를 놓친다. 기차 화물칸의 숫자 때문에 옥신각신할 때가 많다. 남편이 스무 칸 하면 나는 스물한 칸이라 우기고. 그런 실랑이 끝에 가까이 있는 전신주나 나무 하나를 기준으로 세우고 거기를 지나가는 차 칸을 세는 것이 정확하다는 것을 알았다. 하긴 그것도 노안으로는 어사무사하다. 때로는 한쪽 눈을 찡긋 감고 한 눈으로만 세기도 한다. 그럴 때는 서로의 표정 때문에 웃는다. 승자도 패자도 없는 기차 칸 세는 일에 저녁 외식으로 삼선해물짬뽕을 걸어 놓으면 어려서 땅따먹기 할 때처럼 재미가 난다. 어차피 정답은 확인할 길도 없는 내기이지만……

젊어서는 우리에게도 매달고 가야 하는 기차 칸이 여럿이었다. 지금 일하고 있는 밭은 장정 힘으로는 하루 새벽 일감도 되지 않는다. 사과나무 4백 주를 농사짓던 밭이 30년 세월을 삼키면서 30여 주로 줄었다가 또 그나마 이제는 열 그루가 남았다. 골고루 유실수를 남겨놓고 힘에 부치는 것은 임대를 했다. 학교 운동장만 한 텃밭에 큰 농사라도 짓는 양 날마다 올라와서 자는 듯 노는 듯 풀을 뽑는다. 일의 능률이 없어 작은 밭인데도 이쪽 뽑고 나면 저쪽 풀이 자라고 서로 번차례로 시소를 태운다. 어떤 날은 기차 타고 여행한 이야기로 시간을 보내다 오기도 한다.

차량 스무 칸에 시멘트를 채우고도 이탈하지 않고 씩씩하게 달리는 기차처럼 사람들은 저마다의 삶의 차량을 달고 레일을 만들어 잘도 달린다. 목적지가 분명하고 하역할 역을 알아 임무를 완수한다. 그런데 나는 레일을 잘못 찾아 저 아래 세상에 살 때는 욕심도 많았고 그에 따르는 독선도 많아 평지풍파를 일으키기도 했다. 나 아니면 안 되는 줄 알고 거기 따르는 성취의 부가가치를 즐기기도 했다. 그런 내가 요즘은 성취보다도 더 큰 기쁨을 농장에서 느끼고 두렵던 사람들에게서 평화를 얻는다.

그 사이 매화가 피었다 졌고 배꽃이 핀다. 옆에 사과꽃도 발갛게 꽃망울을 내민다. 좀더 있으면 밤꽃이 비릿한 냄새를 날리며 피어날 것이다. 그 다음으로는 죽은 척하고 있던 대추나무가 깡다구를 보이며 잎을 내밀 것이다.

올해 80줄에 들어선 남편은 몸이 먼저 말하는지 자주 피곤해한다. 작년만 해도 강원도 여행을 두 번이나 운전했다. 이제는 한 시간 거리 문강 온천 나들이가 고작이다. 그럼에도 아이들 소꿉놀이 같은 농사 시늉을 여태껏 하는 것은 철따라 길들여졌던 농사꾼 체질이 남아서일 것이다. 양은 적어도 때맞춰 남들처럼 배와 사과나무 열매솎기를 하는 일도 즐겁고 봉지를 싸고 가을에 수확하는 재미를 잊지 못해서다.

생각해 보면 모든 것들이 고맙다. 여기 밭과 농막은 내가 첫 수필집 『몸으로 우는 사과나무』를 쓰게 했던 곳이어서 더 애착이 가고 고락을 함께한 남편에게도 부부 이상의 고마움을 느낀다. 70년대 농산물값 폭락으로 사과나무를 베면서 붙들고 울던 곳도 여기다.

옷장을 열면 친구가 사준 옷들이 먼저 눈에 들어오고, 제자가 여행 중에 나를 기억하고 사다준 핸드백, 컵, 엽서 한 장, 사소한 기억 하나까지 모조리 떠오르는 날에는 그만 가슴이 벅차서 가만히 합장한다. 이만큼 세월의 언덕에서 돌아보니 친구로 후배로, 제자로, 이웃으로, 스승으로 이름을 달리하고 함께해 주었던 사람들이 바로 나의 분신이었음을 깨닫는다.

어떤 때는 사랑도 부담이라고 마음을 끓였었다. 받은 것보다 더 많이 갚지 못해 의기소침할 때도 있었다. 정도 욕심내 스스로 아파하기도 했다. 요즘은 고맙고 좋았던 기억만 살아난다. 함께 있어 정을 나눌 사람이 있어 고맙고 이미 세상을 떠나 갚을 수 없음은 사랑만 남아서 아프다.

어느 수도자가 '어떤 기도도 사랑만 못하다'고 했던 말이 점점 실감이 난다. 어느만큼 살고 나면 사람은 세상을 떠나게 마련이다. 아무리 좋은 작품을 남겼다 한들, 아무리 화려한 명예를 남겼다 한들, 사람들 가슴에 각인된 사랑의 기억에 비하랴.

이제 우리 인생의 기차 칸은 다 떨어져 나가 각기 제 기차만을 몰고 간다. 홀가분해서 좋다. 비록 기차 칸을 세는 일이 의미 없다 하더라도 무위자연을 누리며 조용히 늙어 가는 이 몸도 아직 삶이라는 레일 위에 있으니 이 아니 고마운가.

겨울 섬진강

어째서 섬진강이라는 단어를 입에 물면 아련한 그리움이 되는지 이유도 모르면서 겨울 섬진강을 보러 길을 떠났다. 임진강, 두만강, 남한강, 낙동강, 강 이름을 대 보지만 섬진강만큼 살갑게 다가오는 뉘앙스는 없다. 왜 그럴까. 김용택 시인이 섬진강에 빠져서 빼먹을 대로 빼먹은 강이건만 사람들 가슴에 신기한 기름을 불어 넣는 이유는 무엇일까.

오래전부터 벚꽃이 필 때면 화개에서 쌍계사까지 길이 온통 주차장이 된다는 뉴스를 들으며, 나는 더 늙기 전에 다리에 힘이 있을 때 가 보자고 해마다 별렀다. 그러니까 섬진강 여행은 내가 죽기 전에 해야 할 버킷리스트의 가운데 하나였다.

마침 좋은 글 도반들이 나를 위해 여행 코스를 그쪽으로 잡아, 드디어 십여 년 벼르던 길을 떠난 것이다.

겨울 섬진강, 벚꽃도 푸르름도 없는 알몸의 강을 탐한 것은 내 치졸한 취미여서가 아니다. 민낯의 그를 조용히 만나고 싶어서였다. 중부

북부는 영하를 기록하는 날씨지만 아랫녘으로 달리는 차는 계기판에 찍히는 온도가 영상으로 올라온다. 날씨는 화창하고 길은 붐비지 않아 쾌적하다. 거기다가 사랑으로 뭉친 도반들의 따듯한 배려는 늙어가는 내게 살맛나는 은전을 베풀어 주고 있다. 여행은 관광도 중요하지만 보고 먹고 쉬는 삼박자가 갖춰져야 진가를 발휘한다. 그보다 더 중요한 것은 누구랑 가느냐는 동행이 한마음이라야 의미를 지닌다.

화개로 들어서기 전에 하동으로 틀어서 박경리 선생의 최참판댁을 둘러보았다. 『토지』에서 익숙하게 만난 사람들이 정말로 거기 사는 듯한 친근감으로 다가온다. 소설과 현실이 뒤엉켜 아스라해지는 섣달 그믐 저녁나절, 나는 별당 연못가에서 엄마를 찾아 내라고 떼를 쓰는 서희 애기씨를 만나고 멀찌가니 서서 안타깝게 바라보는 길상이를 만난다. 어디 그뿐인가. 월선이와 용이의 애달픈 사랑도 본다. 이상도 하지, 분명히 소설인데 나는 왜 그 무대에 서서 가슴이 짠해 오는지…… 이것을 문학의 힘이라고 하는 걸까. 박경리 선생은 26년 간 『토지』에 매달려 대하소설을 썼지만 그 안에 녹아 있는 세월은 우리 민족의 서럽고 부끄러운 100년의 역사였다.

재실까지 둘러보고 다시 바깥마당에 선다. 내가 최참판댁 바깥마당에 애착을 갖는 것은 섬진강 때문이다. 거기서 바라보는 섬진강은 다른 어느 곳에서 보는 것보다 유장하다. 소설이 주는 비장감 때문인지 탁 트인 평사리 들판 가운데를 유유히 흐르는 물길이 마치 월선의 기다림같이 길고 질펀하다. 어디는 수역이 넓어 강 같고 어디는 좁아들어 개천 같은 강줄기를 따라서 상념의 노는 강심으로 간다.

산다는 것은 무엇이며 사라진다는 것 또한 무엇일까. 비록 소설 속의 사람들이지만 분명 어딘가 존재했을 그 사람들은 지금 세상에 없다. 다만 박경리라는 소설가의 영혼을 통해서 세월이 가도 재생되는 영원성을 얻었다. 이것이 예술의 힘이어서 세상의 수많은 예술가들이 자신의 영혼을 불태워 창작에 임하는 것은 아닌지. 작가는 가도 작품은 영생한다는 것…… 내게 남겨진 숙제다.

겨울 섬진강은 조용해서 좋다. 강가에는 녹다 만 얼음이 부스럼딱지처럼 붙어 있고 고기를 잡는 사람도 재첩을 잡는 사람도 보이지 않는다. 그저 천천히 제 갈 길을 가는 물길, 바쁘지 않아서 좋다. 유속이 빠르면 정신이 없다. 물길은 나더러 쉬엄쉬엄 가라 한다. 강폭은 넓어졌다 좁아졌다 하며 인생길을 알려 준다. 바닥이 드러나 모래밭이 된 곳에는 겨울새 서너 마리 모이를 찾고 그러다 심심해지면 물로 뛰어들어 유영을 한다. 아마도 김용택 시인이 여기다 시밭을 일군 것은 바로 저 천연스러운 유속 때문이 아닐까. 강물처럼 느리고 약삭빠르지 못한 사람들을 사랑해서 평생을 떠나지 못하고 산 것일지도 모른다. 세상이 온통 빠르고 광내며 돌아가는데 강물은 눈치 안 보고 저 가고 싶은 대로 흐르는 것. 원시성의 순수가 강가의 나무들을 키우고 우렁이를 키우고 강변 사람들의 마음을 청정하게 살찌워 주는 것이 아닐까.

얼마쯤 가다 보면 심심해질라, 볼록볼록 이랑을 이룬 녹차밭이 따라 나서고 겨울철에도 푸르름을 잃지 않는 대나무 숲도 한몫 끼어 사색의 여울을 넉넉하게 해 준다. 여기가 바로 화개장터. 차를 멈추고 들어선다. 섬진강 하면 화개가 떠오르고 화개 하면 따라오는 섬진강, 지명에도 인연이 있다면 천생배필이다. 꽃이 피어나는 곳에 흐르는 강, 눈을 감으면 화사한 봄밤이다.

550리 길, 긴 강을 여기저기 토막 내며 멋대로 유람한다. 내려갔다 올라갔다 꺾였다 풀고 울었다 웃으며 달래 주는 강, 어머니의 자장가처럼 넉넉하게 누워 강변 사람에게 젖을 물리는 무명수건 쓴 모성의 강. 섬·진·강. 나도 오늘밤 섬진강 팔을 베고 칠십 평생 고단한 몸, 단잠을 들고 싶다.

집에 돌아가 열어 보는 카메라 속 섬진강에는 아마도 잔잔한 물소리가 덤으로 따라와 있을 것 같다.

빙등氷燈

음성에서 충주로 가는 37번 국도를 달리다 보면 야트막한 언덕 위에 집 한 채가 있다. 나는 그 집을 '솔베이지의 집'이라 부른다. 기억의 연상 작용이랄까, 눈 덮인 겨울 그 언덕에 눈길이 닿으면 불현듯 그리그의 '솔베이지 노래'가 귓가에 맴돌기 때문이다. 외딸리 고즈넉해서 사람이 사는가 싶기도 하고 기다림의 진액이 묻어나는 것 같기도 한 집이다. 누군가를 오래 동안 그리워하고 기다리는 사람들에게 솔베이지는 희망이기도 하고 위안이기도 하다.

그 겨울이 지나 또 봄은 가고 또 봄은 가고
그 여름날이 가면 또 세월이 간다
아 그러나 그대는 내 님일세
내 님일세
내 정성을 다하여 늘 고대하노라……

기다림은 사랑에서 출발한다. 누구나의 가슴에 화인으로 남은 사랑은 세월을 거스르고 젊어져 시심을 자극하고 감성을 부채질한다. 예술은 이런 토양을 먹고 자란다.

이 노래는 기다림을 안고 사는 많은 사람들의 사랑을 받는 곡이다. 노래의 배경이 노르웨이여서 그 긴 겨울의 이미지가 더 가슴을 시리게 한다.

12월이면 오후 세 시에 해가 떨어져서 춥고 긴 북구의 밤이 계속된다. 눈 쌓이고 인적 없는 밤, 기약 없이 떠난 페르 귄트의 발자국 소리를 기다리는 그녀에게는 밤은 더 길고 외로움은 한없이 깊다. 그 긴 겨울이 지나 봄이 오고 여름이 오고 세월은 가지만 또 겨울이 와도 떠난 연인은 돌아오지 않고 눈은 쌓이고…… 눈을 들면 보이는 것은 만년설이요 차가운 빙하뿐……

이 노래는 〈페르 귄트의 조곡〉에 나온다. 헨리크 입센의 환상 시극에 그리그의 음악이 함께하여 이루어 낸 명품 중의 명품이다. 꿈을 그리며 방랑하던 몽상가 페르 귄트는 결혼식장에서 남의 신부를 유괴하여 산으로 달아난다. 신의 마왕과 계약을 하고 환락을 좇던 중 산골 소녀 솔베이지를 만나 헌신적인 사랑을 받는다. 그러나 그는 곧 그녀를 버리고 공상적 여행을 떠나 모로코, 알비아, 캘리포니아를 전전하며 거부가 되어 고국으로 돌아오다가 국경에서 산적을 만나 돈을 다 빼앗긴다. 백발이 되어 고향으로 돌아오지만 어머니는 이미 죽고 오두막에 백발이 된 솔베이지가 그를 맞는다. 병들고 지친 페르 귄트는 솔베이지의 무릎에 머리를 누이고 그녀의 노래를 들으며 평화스런 죽음을 맞는다. 대충 이런 내용인데 내게 아프게 다가오는 것은 솔베이지의 기다림이다.

사람은 기다림을 안고 살아가는 존재다. 직장에 간 남편을 기다리고 객지에 사는 자식들을 기다리고 가을을 기다리고 오늘보다 나은 내일을 기다리며 평생을 산다. 무엇인가를 기다림은 오늘을 견디게 하는 힘이 될 수도 있다. 그 가운데서도 사랑하는 사람을 기다리는 일만큼 절실한 일이 또 있는가. 입센은 인간 보편성을 염두에 두고 솔베이지를 창조해 기다림의 심연으로 초대하고 있는지도 모른다.

작곡가이자 피아니스트인 그리그는 노르웨이 베르겐에서 출생했다. 노르웨이의 민속 전통에 뿌리를 둔 그리그의 음악은 섬세한 서정 감각으로 유명하다. 페르 귄트에 나오는 〈솔베이지 노래〉에도 북구의 청결한 시정과 순수한 서정성이 색조 깊은 정취로 섬세하게 사람들 감성을 파고든다. 아마도 입센이 그리그가 아닌 다른 누구에게 음악을 부탁했다면 오늘날과 같은 사랑은 받지 못했을지도 모른다.

나는 〈솔베이지의 노래〉를 들을 때마다 빙등을 생각한다. 빙등을 처음 본 것은 1990대 초 스위스의 융프라우에 갔을 때다. 얼음 동굴에 들어가니 조각품이 있고 오색등이 밝혀져 환상의 나라에 온 듯했다.

언제부터인가 우리나라에서도 빙등 축제가 열리기 시작했다. 겨울에 화천에 가면 얼음과 빛의 향연을 볼 수 있다. 원래 빙등 축제는 하얼빈의 역사가 오래지만 이제는 멀리 가지 않아도 우리나라에서 빙등 축제를 볼 수 있다. 얼음으로 광화문을 조각하고 이순신 장군, 선녀와 나무꾼도 조각했다.

특이한 것은 축제장의 낮과 밤의 세상이 완연 다른 것이다. 낮에는 흰 조각상들뿐이다. 겨울 무채색 하늘을 이고 저마다 다른 모습으로 선 얼음 조각들은 마치 깊은 잠에 취해 있어 영혼이 없는 것처럼 보였다. 그러나 밤이 되자 화천 광장은 수많은 색으로 생생하게 생명을 부여받아 아름다움을 뽐내고 있었다.

그것은 시극과 음악의 조화로도 보였다. 입센의 페르 귄트 환상 시극을 시극으로만 읽는 것과 그리그의 작곡이 붙어 노래로 들을 때 느껴지는 작품성은 현저하게 다른 것과 같다. 음악이 솔베이지를 더욱 가엾게 포장하고 기다림을 안고 사는 여인들의 감성을 자극한다.

빙등은 얼음 속에 조명을 넣어 빛이 나게 만든 얼음 등이다. 그러니까 우리 주변을 밝히는 기능을 가진 '등' 이라기보다는 스스로 빛나는 것에 만족해야 하는 예술품이다. 밖의 어둠을 사르는 등이 아니라 안의 어둠을 밝히는 등이라고 할 때 예술은 자기 완성에 초점을 맞추는 창조의 작업이 우선되어야 함을 은유로 말하고 있는 것인지도 모른다.

'솔베이지의 집'은 내 창작의 심연을 자극해서 생명의 불을 밝혀 주는 하나의 빙등이다.

강릉, 내 그리움의 진원지

물소리로 밤새 뒤척였다. 대관령 자연 휴양림 객창에 들리는 계곡 물소리가 나그네 심정을 어르기도 하고 휘젓기도 하여 뜬눈으로 한밤을 보내다가 새벽녘에야 단잠이 들었다. 어찌 물소리를 탓하랴. 강릉이라는 말만 들어도 잠재우고 쓸어 덮었던 그리움의 올이 낱낱이 살아나는 내 천형의 한을.

올 수필의 날 행사가 강릉에서 열린다는 통첩을 받은 날부터 내 가슴에는 그리운 얼굴들이 영상으로 지나갔다. 꼭 만나야 할 사람이 강릉 어딘가에 살고 있다는 소식을 들은 뒤부터 나는 일 년이면 두세 번 강릉을 간다. 만나지 못해도 그가 숨 쉬는 공기를 함께 숨 쉬고 그가 있는 하늘 아래 잠시나마 있고 싶어서다.

첫날은 어촌가 마을에 짐을 풀고 밀려오는 파도를 향해 누구에게도 차마 하지 못했던 말을 전하고 모래밭에 그리운 이름을 수없이 쓴다. 새벽에 나가 보니 이름은 간 데 없고, 보고 가노라 사인이라도 한 듯 새의 발자국만 어지럽다. 물 맑고 고운 동해안, 밤새 오징어잡이 배

불빛이 바다의 보석인 양 반짝거리는 싱싱한 생명의 터전, 새벽 항구에 나가면 펄떡거리는 생선이 식욕을 자극하고 물비린내조차 힘센 사나이 체취처럼 느껴지는 곳, 선착장은 아무래도 육감적이다. 어떻게 한 도시가 산과 바다를 이리도 아름답게 품을 수 있으랴.

강릉에는 산이 좋다. 우리가 하룻밤 휴식을 누린 대관령 자연 휴양림의 금강송은 법력 높은 스님 같고 고고한 자태도 아름답지만 오대산 전나무 숲도 빼놓을 수 없다. 그 숲에 들면 시원을 알 수 없는 원력에 이끌린다. 이를테면 근원을 향한 물음이 도처에서 손을 내민다. 숲은 커지고 나는 작아진다. 작아지고 작아져서 나중에는 물음만 무성하고 나는 전나무 한 그루로 선다.

월정사로 들어가는 오리 길은 그래서 나의 수련소다. 어떤 날은 등에 바랑을 진 사람을 만나고 맨손으로 걷는 스님도 만난다. 누굴 만나도 아는 체하지 말아야 한다. 불문율이다. 저마다 제 몫의 일탈을 누리고 있고 화두가 있기에 그냥 나무처럼 덤덤하게 바라보면 족하다. 그래도 어색하지 않다. 동네 뒷산에 아침 산책을 가면 서로 먼저 아침 인사를 나누지만 여기서는 금물이다. 그것이 그리 편하고 푸근하다.

다람쥐가 길을 가로지르며 꼬리로 인사를 하고 바람이 귀엣말로 소식을 전한다. 바람이거나 산새거나 직언이지 간접어가 아니다. 들을 귀가 있거든 들으라 한다. 나는 어느 날 새벽 그 숲길에서 아득히 먼 곳으로부터 소리를 들었다.

"지워라."

무엇을요? 내가 되물었다.

"인연이다."

잊으라 해서 잊어질 인연이면 인연이 아니다. 부정해도 문신처럼 내 영혼에 박힌 상처는 세상 끝날에야 지워질까. 그 물음 위로 방콕에서 보았던 새 공원이 한눈에 펼쳐졌다. 주룽새 공원이다. 넓은 공원에는 진기한 새들이 나무에 깃들어 노래하고 춤춘다. 이 나무에서 저 나무로 옮겨 가며 노니는 새들을 보고 있노라면 바로 거기가 새의 천국임을 부인할 수가 없다. 한 가지 이상한 것은 그곳 새들은 높은 하늘을 향해 비상의 몸짓을 하지 않는다는 것이다.

공원을 떠날 때 그 진실이 밝혀졌다. 공원 안에서는 볼 수 없던 아득한 하늘까지 그물로 덮여 있는 새 공원, 그러니까 그곳 새들은 아무리 높이 날고 싶어도 저들 앞에 그물망이 처져 있다는 사실을 시행착오를 통해 터득했던 것이다. 그러니까 지우라는 것은 내 안에 나를 옴짝달싹 못하게 하는 정신적 그물을 지워 버리라는 것일 터.

그래서 강릉은 잊지 못해서 찾아가는 곳이지만 지우기 위해 찾는 또 하나의 이정표가 되었다. 무상을 배웠다. 산이 높아 계곡이 깊고 계곡이 깊어 물소리 맑은 강릉, 허난설헌의 태가 묻힌 곳, 그의 빼어난 시가 생명을 부여받은 곳, 허균의 팽팽한 저항 정신이 아직도 살아 있는 곳.

나는 이번 수필의 날에 몇 년 동안 만나지 못한 그리운 얼굴들을 만났다. 수필의 길 30년에 문정文情도 깊어졌는가, 어느 동기간 만나듯 가슴에 품었다. 2, 3백 명의 사람을 한꺼번에 품을 수 있는 강릉시청 회의장도 좋고 비단처럼 꼼꼼하게 직조한 일정도 좋았다.

생각만 해도 그리움이 발진하는 강릉, 달 밝은 밤이 오거든 경포대를 찾으리라. 신사임당이 친정 어머니를 그리며 시를 썼던 그곳에서 달빛을 풀어 편지를 쓰리라. 이제는 잊었으니 인연에서 벗어나 비상하라고…….

눈물 매매賣買

중국 발 미세먼지가 한반도까지 덮치자 제일 불편한 것이 눈이다. 감고 있으면 이물질이 들어간 듯 껄끄럽고 뜨고 있으면 뻑뻑하다. 안과 의사는 병이 아니라 눈이 건조해서 그런 것이라며 약을 처방해 주었다. 영어로 된 약 이름이 버젓이 있지만 나는 이 약을 눈물약이라 부른다. 아침저녁 한 방울씩 넣으면 눈뜨기가 부드럽고 시력도 나아지는 기분이다.

내 몸의 지체 가운데 눈이 제일 혹사를 당한다. 듣는 몫까지 감당하려니 긴장의 연속이고 짬만 나면 들여다보는 활자 읽기로 영일이 없다. 요즘에는 스마트폰 카카오톡 글자를 보느라 눈이 내는 비명 소리가 들리는 것 같다. 그렇다고 무시하고 살면 세상과 소통이 안 되고 하자니 부작용이 크다. 눈도 누적된 피곤으로 시력이 약해지고 한계가 왔다고 신호를 보낸다.

한손에 눈물약 1.5mg을 사 들고 들길로 나선다. 혹여 자동차 매연이 없는 곳이면 눈도 맘도 편해지려나 기대를 하며 산책로를 걷는다.

요즘에는 시골길에서도 황사 마스크를 쓰고 색안경을 끼고 걷기 운동하는 사람들이 늘었다. 의사는 맘먹고 철철 울어 보면 눈 뜨기가 한결 부드러워질 거라 했지만 우는 것도 맘대로 안 된다.

눈물을 흘려 본 지가 언제였던가, 아니 설움이 북받쳐 소리 내 울어 본 일이 있기는 했나. 눈물을 흘렸다는 사실보다 기억의 상실이 더 문제인데 가슴은 아무 문제가 없는 듯이 담담하다. 가까운 분이 세상을 떠난 자리에서도 눈물 한 방울 흘리지 않고 슬픈 드라마를 보면서도 강 건너 불구경을 한다. 이건 분명 감성이 바닥난 것이다. 바닥난 것이 감성뿐인가. 어디를 가고 싶다, 무엇이 먹고 싶다, 누가 보고 싶다는 욕망의 여울도 잠잠해져 간다.

나는 원래 이런 사람이 아니었다. 텔레비전을 보다가 서해안 갯벌에서 싱싱한 생선을 회로 먹는 사람들을 보면 다음날로 서해안을 가야 직성이 풀리는 극성주의자였다. 오래전 어느 가을, 마산에 김규련 선생님이 설악산 권금성에 다녀오셨다며 고운 단풍잎 한 장을 편지에 끼워 보낸 일이 있었다. 나는 그 가을이 가기 전에 권금성에 올라 찻집에서 답장을 쓴 적이 있다.

한번은 늦은 시각 바닷가 마을의 먹는 풍경이 텔레비전 화면에 지나갔다. 밤이 늦은지라 아무 말도 못하고 내심 내일 간다고 작심하고 있는데, 남편이 보이질 않는다. 그때 현관문이 열렸다. 언제 나갔는지 남편 손에 낙지회 한 접시가 들려 있었다. 그것도 맥주 한 병을 대동하고. 밀밭 옆만 지나가도 어지러운 사람인데……. 아마도 그는 그 밤에 해결 못하면 다음날 먼 거리 운전을 해야 하는 고역을 이미 알고 있기에 미리 선수를 친 것이다.

그러고 보니 지나온 일생이 욕망의 점철이다. 사람을 욕망의 동물이라고 한다. 사회이거나 국가를 위해 큰 욕망을 품은 사람이 있는가 하면 제 육신 하나 건사하며 애면글면 하는 나 같은 사람도 있다. 적극적인 소아다. 그토록 열혈파로 섬기던 육체가 어느 때부터 반란을 일삼더니 가슴 깊이 보관해 놓은 보물단지까지 깨 버린 모양이다.

나만 그런 게 아니라 사회적 문제인지 엊그제 신문에 기사가 났다. 커버스토리가 웃음. 눈물의 힐링 효과다. 그리고 머릿글자가 〈껄껄웃자 임신률 '쑥' 펑펑 울자 심장병 '뚝'〉이다 웃음 치료 이야기는 많이 들어보았으나 울음의 힐링 효과는 처음이라서 기사를 읽어 보았다. 기사 중 웃음이 파도라면 울음은 쓰나미라는 데 시선이 멈췄다. 웃음과 눈물 모두 몸과 맘을 힐링하는 효과가 있지만 눈물의 파장이 더 크므로 치유도 크게 된다는 것이다. 그래서 자주 웃되 눈물은 가끔 흘리는 것이 좋다고 한다.

눈물이 쓰나미를 일으키면 그것도 축복이다. 울고 싶어도 울어지지 않는 슬픔은 속수무책이다. 어떤 이는 슬픈데도 눈물이 나오지 않는 것은 눈물샘의 문제인가 정신적 문제인가 하고 물었다. 그것은 눈물샘이 아니라 정서적 문제라는 답이다. 자식을 먼저 보낸 어미는 그 쓰나미에 같이 떠내려 가기를 원하지만 쓰나미조차 비켜간다.

그런 내가 속수무책이라 눈물을 사러 다닌다. 안과에서 주는 1.5mg

의 눈물이 부족해서 굳은살 박히는 가슴 안쪽을 두드린다. 해 설핏 넘어 가면 공연히 눈시울이 젖어들던 십대의 사립문 앞에 서거나 매번 마지막이던 사랑하는 사람과의 이별 앞에서 어깨를 들먹이던 청춘의 거리에 선다. 머리에 서리 내리고 등 굽어 가는 노부부가 서로를 바라보면서 슬그머니 고개를 돌리는 애처로움, 미움도 가시고 원망도 헐렁해져 그냥 먹먹해지는, 잔고 없는 생애의 결산 앞이라 그런가.

그러나 내가 진정 소중한 보물단지로 간직해 온 비상약은 지구 끝에 혼자 선 듯 막막할 때 드리는 기도 중 흘리는 눈물이다. 진품이다. 어떤 날은 평생이 고마워서, 어떤 날은 그때 했던 부끄러움으로, 위기 때마다 보듬어 주신 손길의 감촉을 느껴서 하염없이 눈물이 흐른다. 울며 웃는 모습도 그분 앞에서만 보여 드리는 모노드라마다. 나 자신과 독대하고 양파 속 같은 내면을 벗겨 가다 보면 목숨만으로도 축복이라 뜨거운 감사가 누선을 타고 흐른다. 이것은 절대로 판매 불가다.

팔고 살 것이 넘쳐나서 눈물까지 매매 가능한 편리한 세상에 살면서 사람들은 울고 싶다고 아우성이다. 눈물을 흘릴 만치 감동시켜 달라고, 짜릿하게 자극시켜 달라고, 가슴에 온기는 식어 가는데 눈물 약으로 치유해 달라고 걸어가는 마네킹에게 손을 흔든다.

향수 다방

지금은 지방 도시에도 바야흐로 커피숍이 문전성시를 이루는 시대다. 도시 요소요소에 전문적인 교육을 받은 바리스타들이 커피숍을 열고 북 카페니 음악 카페니 특성을 살려 젊은이들을 끌어들인다. 실내 환경이 깔끔하고 책이 꽂혀 있고 음악이 흐르는 곳, 커피 내리는 기계가 잘 정리되어 세련된 분위기가 느껴진다. 어디 이뿐인가, 다방에서는 차를 마시고 나올 때 계산을 했는데 신식 커피숍에서는 계산부터 먼저 해야 한다. 커피 이름은 또 왜 그리 많은지…….

'사락사락' 정겨운 카페 이름에 이끌려 들어가 본다. 손님들은 대부분 젊은이들이다. 커다란 머그를 앞에 놓고 달랑 혼자 앉아 귀에 이어폰을 꽂은 채 책을 보고 있는 여성, 카페라떼를 한 잔씩 앞에 놓고 하트 모양의 우유 무늬를 즐기며 천천히 마시는 한 쌍, 다탁에 노트북을 놓고 무슨 문서를 작성하는 여성. 주춤거리며 들어선 우리 일행하고는 뭐가 잘 맞지 않는 분위기다.

목소리가 너무 클라 조심하면서 복잡한 커피 이름에 단 하나 아는 아메리카노를 주문하고 올라온 이층, 창밖은 공원이다. 창 넓은 시야에는 투명한 유리창 너머로 사계가 흘러간다.

언젠가 옥천 정지용 생가를 간 날이다. 그곳에서 글쟁이들 모임이 있어 참석했다가 우연히 들른 다방 이름이 '향수다방' 이었다. 그러니까 생가에서 실개천이 굽어 흐르는 쪽 길로 나오면 다리 하나가 있고 길지 않는 다리 끝 왼쪽에 점방 같은 유리문이 있고 그 위에 '향수다방' 이라는 간판이 삐딱하게 걸려 있었다.

일행은 '향수다방'이라는 이름에 끌려 유리문을 밀치고 들어갔다. 네 사람 앉는 다탁이 3개뿐인 실내에는 사람이 없다. "계세유?" 하고 안으로 통하는 통로에 대고 기척을 했다. 소식이 없다. 아무 의자에나 앉아서 벽을 보았다. 「밀레의 만종」 모사품이 액자에 넣어져 파리똥을 뒤쓰고 있다. 액자 밑에는 컴퓨터 모니터만 한 구식 텔레비전이 놓여 있고 그 위에 누구 솜씨인지 소주병에 조팝꽃 두 줄기가 시든 채 꽂혀 있다.

가게는 열어 놓고 마담이 마실을 간 것인가, 구시렁대면서 안쪽 벽을 보니 거기에는 복돼지가 새끼를 여덟 마리나 젖을 물리는 그림이 걸려 있다. 나는 꼭 이 집에서 차를 마시고 싶었다. 이심전심인가 일행들도 아주 눌러앉아서 제집인 양 편안히 주인을 기다리려는 눈치다.

그때 몸매가 두루뭉술한 여인 하나가 통로의 커튼을 젖히며 나타났다. 다방 하면 으레 상상하게 되는, 머리를 부풀려 정수리를 고봉으로 세우고 입술연지를 짙게 바르고 껌을 씹으며 나오는 '레지'가 아니었다. 금방 손빨래를 하다가 나온 것 같은 여인이 커피를 시켜야 할지 말아야 할지 망설이게 했다.

"손님들이싱가유?" 첫마디였다. "야, 커피 한 잔씩 마실려구유?" 우리도 구색을 맞추었다. 한참 동안 뒤쪽 주방에서 달그락 소리가 들리더니 스텐리스 쟁반에 커피 석 잔을 들고 여인이 나타났다. 미색에 밤색 테를 두른 춤이 얕은 커피 잔은 손잡이가 있고 아주 오래전에 쓰던 골동품에 가까웠다. 먹성 좋은 사람은 두 모금만 마셔도 다 없어질 것 같은 밀크 커피, 아주 달다. 일행 중 한 분이 간판이 왜 '향수다방' 이냐고 물으니 여인이 배시시 웃는다. 화장기 없는 얼굴에 어리는 미소가 소박하다. "저기유, 외지에서 오는 손님들이 그렇게 하면 돈을 잘 벌것다 해서유." 옥천이 정지용 시인의 고향이고 「향수」가 그의 대표시라는 걸 그 아낙이 모른들 또 어떠리.

그때 밖이 시끄러워지더니 유리문을 밀어붙이며 노인 두 분이 들어섰다. 마치 내 집을 드나드는 익숙함으로 궐련 한 개비를 빼서 불을 댕기고는 "마담, 여기 커피 두 잔!" 목소리가 쩌렁쩌렁하다. 장화를 신고 있었다. 머리에는 초록빛에 새마을운동이라는 글씨를 새긴 모자를 썼다. 60대 중반 같은 두 손님은 마담이 날라다준 커피를 콩나물국 마시듯 마시고 조금 있다가 쵀 아무개가 또 올 거라며 턱을 치켜올렸다. 우리는 조용히 계산을 하고 거기를 떠났다.

한 십여 년 전의 일이지만, 지금도 가끔 커피숍에 오면 그 다방 생각이 난다. 정지용 생가에서 왼쪽으로 휘돌아 나간 실개천도 생각나고 무엇보다도 '아무렇지도 않고 예쁠 것도 없는 사철 발 벗은 아내' 같은 여인이 거기 있어서였는지도 모른다. 또한 커피 두 잔으로도 어깨에 힘이 실렸던 노인들이 100세 시대를 사는 지금의 노인들과 대비되어서다. 커피 값을 기세 좋게 낸다는 것은 바로 자존감일 터이다.

지금 우리 사회는 노인 인구가 넘쳐난다. 그 노인들이 즐겨 찾던 다방은 커피숍에 밀려 차츰 사라지고 갈 곳 없는 노인들은 공원에 나와서 해바라기만 하고 있다. 주머니가 가벼운 노인들이 커피숍이나 북카페에 나타나면 바리스타님들이 눈총을 준대나, 젊은 손님 다 떨어진다고. 사실은 커피 값도 부담스러운 노인들 아닌가.

며칠 전 아는 분에게서 귀가 번쩍 뚫리는 이야기를 들었다. 이곳에서 가까운 충주에서 수안보 쪽으로 가는 길 어디쯤 다방이 있다는 것이다. 다탁에는 요기할 만한 떡이며 과자가 있고 커피도 넉넉히 준다는 그곳, 이야기를 나누고 나오며 계산을 하고 보니 커피 한 잔에 천오백 원을 받더라나.

반가운 소식이다. 일거리 없고 친구 없는 노인들이 그나마 숨통을 틀 수 있는 공간, 거기에 사철 발 벗은 아내 같은 수수한 여인이 조곤조곤 이야기 친구가 된다면 고목 같은 노인들 가슴에도 훈풍이 불지 않을까.

못난이

밭을 돌아나왔다. 바구니가 묵직하다. 마루에 쏟아 놓고 보니 영낙없는 할머니 좌판이다. 지하철에서 내리거나 장날 채소전 골목에 가면 으레 몫을 잡고 앉은 좌판을 만난다. 주름이 조글조글한 안노인네가 마디 굵은 손으로 차려 놓은 채소전, 오이 몇 개, 애호박 몇 개, 호박잎 한줌……. 사람들은 그 좌판 앞에서 하루의 고달픔을 털어 내며 저녁 찬거리를 흥정한다. 보기에 민망할 만치 규격 미달인 채소들, 그럼에도 사람들은 앞다투어 봉지를 든다.

나는 지금 마루에 좌판을 펼쳐 놓은 할머니 꼴이다. 가지 다섯 개가 미끈한 게 하나도 없다. 꼬부라지고 쇠고 크다 말고, 호박은 수확 적기를 놓쳐 마디 호박이 팔뚝 호박이 되었다. 오이는 한물 가서 늙어 꼬부라진 게 꼭 올챙이 형상을 하고 있다. 그럼에도 나는 소중하게 다듬고 챙겨서 봉지마다 고루 담는다.

엊그제는 서울에 있는 후배가 메일을 보냈다. 서울 복판에서 텃밭을 가꾸는 재미를 쓰고 수확해다 놓은 농산물이 하나같이 못난이어서 마치 자신의 일생을 보는 것 같다 했다. 어찌 그 후배 마음뿐이겠는가. 나도 번번이 농작물을 수확할 때마다 느끼는 낭패감이 있다. 내 딴에는 적기에 심고 풀 뽑고 물 주며 가꾼 것이 왜 대형 마트의 물건 하고는 비교할 수없이 초라한가 말이다. 파만 해도 그렇다. 죽죽 벋은 잎이 싱싱한 마트 파와는 달리 가느댕댕하고 허옇게 벌레도 슬고……. 친구나 이웃들 주기에도 민망하게시리.

그러고 보면 후배 말마따나 내 인생도 못난이 인생임에 틀리지 않는다. 마루에 벌여 놓은 좌판에서 별 수완 없이 고지식하게 살아온 못난이 인생을 본다. 축재로 일가를 이루었거나 명예와 권세가 뛰어나거나 학식이 높아 천하에 경륜을 펼치든가, 그 어느 것도 아니다. 내 딴에는 열심히 살아왔다고 자부하나 세상에 내놓을 것은 빈손뿐이다.

하루가 멀다 하고 살충제를 뿌려 미끈한 농산물은 아닐지라도 지심을 먹고 자란 내 농산물을 알아보는 사람도 있다고 자위해 본다. 지하철에서 내려 서로 사려고 줄서는 서민들처럼 못난이의 본심을 알기 때문이다.

요즘 세상에는 못난이가 없다. 어디를 가나 미끈하고 세련되고 심플해서 사람이나 물건이나 보기에 좋다. 이왕이면 다홍치마라고 예쁘고 향기롭고 쓸모 있는 것이 좋은 것은 상정인데 나는 요즘 텃밭을 가꾸면서 못난이를 사랑하게 되었다.

작년에 '좋은수필사'에서 '좋은수필선집'을 내주었는데 제목을 잡느라 고심중이었다. 서너 가지 제목을 잡아 동양일보 C회장에게 골라

보라 하니 『이쁘지도 않은 것이』가 좋다고 했다. 하여 용기를 내서 책을 냈다. 책은 판형이나 저자의 사진이 표지에 실리는 디자인이 똑같아서 나로서는 대책을 강구할 수 없어 고심하다가 하나를 골라 보냈다. 다른 작가들은 정면 사진을 품위 있게 실었는데 나는 자신이 없어 옆면 얼굴을 내보냈다. 그렇다고 옆얼굴이 준수하냐면 아니다. 거리가 멀다.

책이 잘 나왔다. 보는 이마다 제목이 좋다고 했다. 그러나 단 한 사람 우리 집 대주만은 인정을 하지 않는 거였다. 이유인즉 음식이 맛없다 하면 맛없어지듯 못났다 하면 더 못나 보이는데 왜 하필이면 『이쁘지도 않는 것이』라고 했냐는 거였다. 제 눈에 안경이라 여태껏 구박하지 않고 잘 돌보아준 것이지 싶다. 까짓 외모야 별 대수랴, 문제는 한 인간이 살아 낸 인생 계산서 아니겠는가.

그 생각은 마지막 종착역이 가까워지면서 자연 발생적으로 드는 내밀한 공포다. 누군가를 목숨을 걸고 사랑한 일이 있는가, 나와 관계되지 않는 고통받는 사람을 위해 뜨겁게 울어 주고 손을 잡아 준 일이 있는가. 친구의 약점을 이용하여 그를 공격한 일은 없는가, 주머니를 털어 먼길 가는 나그네에게 노자를 보태 준 일이 있는가. 큰 인물은 고사하고 내가 있어 가족이나 이웃들이 행복한 적이 몇 번이나 있었던가. 여기에 생각이 미치자 내 인생 계산서는 공수표에 불과했다.

궁여지책으로 빈 공간을 채우라면 나 자신과 이웃을 의도적으로 속이지 않았다는 것, 살충제 함부로 뿌리지 않고 농사를 지은 것처럼 살았다는 것.

못난이의 공수표 내용이다. 치장하지 않아도 되는 못난이, 생긴 대로 사는 수박에 없는 못난이가 자꾸 사랑스러워지는 것은 아무래도 유유상종이라서 그런가 보다.

개구리를 순찰하다

어느 날 스마트폰으로 녹음기가 날아들었다. 카카오톡에 글자는 없이 네모난 상자에 동그라미 두 개가 그려진 그림을 클릭했더니 개구리 소리가 들려온다. 차츰 소리가 겹쳐지면서 한두 마리가 아닌 집단 함성으로 왁자했다.

"이게 무슨 소리요?"

내가 보낸 문자다.

"개구리 소리예요. 어젯밤에 순찰하다가 귀가 먹먹하도록 울어서 선생님 생각이 나서요……."

그는 현직 경찰관이다. 이슥한 밤에 시골 마을에 순찰을 나갔다가 경쟁하듯 울어 대는 개구리 소리를 듣는 순간 귀가 어두운 스승이 생각났던 모양이다. 나는 스마트폰에 귀를 대고 오래오래 개구리 소리를 들었다. 그 소리는 오래된 기억을 재생시켰다.

사과 농사를 짓던 때다. 우물 안 개구리로 하늘만 바라보고 산 시절이다. 한 달에 두 번 사과나무를 소독하는 날이면 원두막 뒤에 박아 놓은 시멘트 물통 두 개에 미리 물을 받는다. 한 통은 예비물이고 또 한 통은 소독약을 푸는 물이다. 과수원에 사는 개구리들은 이 물통이 무슨 호수인 줄 알고 퐁당퐁당 뛰어들어 애를 먹게 했다. 물 100말이 드는 통이니 개구리들에게 충분히 호수로 착각할 수 있겠다. 그 다음이 문제다. 약을 타기 전에 그물망으로 개구리들을 건져 내는 일이 쉬운 일이 아니었다. 일꾼 이 씨는 지게 작대기를 휘두르다가 개구리 머리를 치기도 하고 급하면 손으로 움켜잡기도 했다.

바로 그날이었다. 소독이 거의 끝날 즈음 한숨 돌리며 소독 통을 들여다보던 나는 기절을 할 뻔했다. 어른 손바닥 크기의 개구리 두 마리가 소독 약물 속에서 서로 엉킨 채 죽어 있지 않은가. 밤이면 귀청 떨어지게 울던 개구리들이 어쩌자고 소독 통에 뛰어들어 정사를 했는지……그날 밤 책에서 개구리 생태를 찾아보았다.

개구리는 물과 뭍에 사는 동물이라는 것, 암컷이 물속에 알을 낳는다는 것, 그 알에서 올챙이가 나오고 올챙이가 개구리가 된다는 것, 봄밤에 개구리가 우는 것은 수개구리가 씨받이를 찾기 위해 목소리로 자기 존재를 부각시킨다는 것. 그때 내가 궁금했던 것은 왜 무엇 때문에 두 마리가 포개져서 죽었느냐는 의문이었다. 그들은 교미를 하지 않는다. 수컷이 암컷의 배를 꽉 조일 때 암컷이 알을 낳는데 그 순간 수컷은 정자를 뿌린다. 그렇게 해서 체외수정으로 종족을 번식시킨다는 것이다. 그렇다면 소독 통에서 죽은 개구리들은 바로 새끼를 낳다가 일을 당한 것이다. 그 후로 물통에 멍석만 한 나무 뚜껑을 해 덮었지만 개구리 소리가 전처럼 낭만적으로 들리지는 않았다.

오래된 내 기억의 필름을 재생시킨 그가 순찰하는 마을은 외진 마을이다. 산허리를 감아 도는 조팝꽃이 과수댁 앞치마처럼 피어난다. 무논은 써레질이 끝나고 호수처럼 물이 그득하다. 이때쯤이면 도랑에서 부화한 올챙이들이 변신을 하기 시작한다. 개구리들이 제법 통통해지면서 무논으로 퐁당퐁당 뛰어든다. 그렇게 자란 개구리가 울 때는 시골에서는 모내기 철이다.

그날따라 달빛만 하얗게 부서지는 마을은 고요하기만 하다. 일 철이라 고추 심으랴, 모내기 준비하랴, 고양이 손이라도 빌리고 싶은 나날이지만, 고령의 노인들만 있으니 품앗이도 여의치 않다. 굽어진 허리 펼 사이 없이 일하던 노인들에게 밤은 죽음보다 더 깊은 휴식이지 않은가. 마을이 유난히 고요한 이유이다.

그래서 그는 일부러 순찰차를 동구 밖에 세워 두고 가만가만 마을길을 순찰한다. 이십여 호 남짓한 마을에는 개구리 소리만 낭자하다. 그가 동구 밖에 차를 세우는 이유는 마을 사람들의 단잠을 방해할까 하는 염려하는 마음 외에 또 한 가지가 보태진다. 이상하게도 개구리들은 밤 불빛을 보면 논에서 뛰쳐나온다. 그러다가 자동차 바퀴에 치여 끔찍한 광경이 벌어지는 것이다. 죽을 줄도 모르고 불빛만 보면 뛰어드는 저 속성은 범죄를 밥 먹듯이 저지르는 사람들과도 일맥상통하는 그 무엇이 있지 않은지…… 아마도 그는 이런 생각을 하며 마을들을 순행하며 사정을 살폈을 것이다.

요즘 농촌에는 귀촌 바람이 불어 도시의 젊은이들이 삶터를 옮겨 새바람을 일으키고 있으나 이 마을은 아니다. 밭이나 논이나 코딱지만큼씩 붙어 있으니 그들이 꿈을 펼칠 환경이 되지 못한다. 그래도 그가 이런 오지 마을을 열심히 순찰하는 것은 노인들에게 자체적인 방어 능력이 없어서다. 언젠가는 마을을 순찰하다가 응급환자가 생겨 우왕좌왕하는 마을 사람들을 진정시키고 순찰차로 이웃 C시 병원으로 옮긴 적도 있었다. 이분들에게는 도적이나 불한당보다 더 무서운 것이 갑자기 일어나는 우환이다. 자식들은 타지에 살고 마을에는 기동력도 없다.

개구리가 우는 마을은 생태계가 살아 있는 마을이다. 우리는 한때 식량 증산을 위해 마구 뿌려 댄 소독약으로 반딧불이, 메뚜기, 개구리들이 살아남지 못했다. 개구리 소리에는 마을의 안녕이 들어 있다. 그는 사람들의 안녕 못지않게 자연도 건강해야 함을 알고 있다. 직장에서 비번인 날에는 지리산 행복학교를 찾아가고, 나중에 퇴직을 하면 지리산 자락에 묻혀서 수염을 깎지 않고 자연인으로 살겠노라고 할 때 나는 그가 무엇을 추구하는지 조금은 알 것 같기도 하다. 그는 오늘도 대한민국의 치안을 담당하는 경찰로서, 허리에는 권총을 차고 가슴에는 사랑을 담아 노스승의 가슴을 순찰하고, 야간학교 학생들의 꿈을 순찰하고, 개구리의 안녕을 순찰하고 뚜벅뚜벅 시골 마을의 인전을 순찰하고 있을 것이다.

5
거기 사람이 있었네

하늘 우체통

하늘하고 가까운 나이여서 그런지 그 우체통 앞에 섰을 때 묘한 반가움이 앞섰다. 하늘로 보내는 편지를 넣는 우체통은 작고 아담했다. 전남 순천에 있는 정채봉 선생 문학관을 한 바퀴 돌아보고 나오는 자리에 서 있는 빨간 우체통, 이름하여 '하늘나라 우체통'이다. 나는 발걸음을 멈춰 선생께 엽서 한 장을 써서 우체통에 넣었다. 꼭 받으실 거라는 아이 같은 생각으로……. 동화를 쓰신 작가를 기념하는 자리여서 그런지 문학관을 세운 사람들의 생각도 동화답다.

하늘나라 우체통, 세상에 있는 우체통은 세상에 살고 있는 사람들이 사용한다. 그러면 하늘 우체통은 누가 사용할까. 하늘에 사는 분들은 서로 만날 수 있으니 편지나 엽서는 쓰지 않아도 되니 필요 없을 테고, 그러면 하늘에 사는 분들에게 지상에서 올려 보내는 편지를 넣는 것일 것이다. 그러면 하늘 분들이 지상으로 보내는 답장도 이 우체통으로 올까.

정채봉 선생은 「스무 살 어머니」라는 글에서 하얀 눈이 내리는 동지

섣달에 당신을 낳아 주셨으니 당신이 엄마를 만나러 그쪽 별나라로 떠날 때도 눈 내리는 달이었으면 좋겠다고 청을 드린다. 간절히 원하면 이루어진다고 했던가, 소원대로 정채봉 선생도 눈이 많이 내린 날 하늘나라로 가셨다.

나는 그날 해바라기가 가득 핀 문학관 옆 공원에 앉아서 하늘 우체통으로 편지를 띄울 분들을 생각해 보았다. 그러잖아도 11월이 오면 나무들이 고운 단풍 옷을 벗고 나목이 되듯이 내 마음의 근원에도 단풍비가 내린다. 지금 나는 어디에 서 있는가, 지금 내 모습은 하늘에서 보시기에 어떠할까. 나머지 길은 어떻게 가야 아름다운 마무리를 할 수 있을까

세상살이 하면서 만나게 된 분들이 먼저 떠나고 아는 분들이 차츰 줄어드는 당혹감에 현주소를 확인하기도 한다. 11월은 산 사람보다 죽은 이를 기억하고 기도하는 달이기도 하다. 어찌 됐든 죽은 이를 기억하고 기도할 수 있는 것은 산 사람만이 할 수 있다. 평안하신지, 외롭지 않으신지, 기일에 미사를 드리고 제사를 올리지만 그것 말고 영적으로 통교가 되는 경우도 있다. 느닷없이 꿈에 뵙는 경우도 있고, 저서를 읽다가 불현듯이 그리워져서 하늘 우체통에 텔레파시 엽서 한 장을 넣는 경우도 있다.

그러나 내가 즐겨 쓰는 통신 수단은 성당에서 드리는 미사다. 교회에서는 11월을 위령의 달로 정해서 죽은 이들을 기억하고 기도하라고 한다. 무덤 앞에서 오늘은 당신 차례였지만 내일은 내 차례임을 상

기시킨다. 생전에 내게 따뜻하게 해주신 은인들께 미사 한 대로 고마움을 갚는 일이 별 대수겠는가마는 일 년 열두 달에 단 한 달 만으로도 조석으로 그분들을 기억하고 평안을 비는 기도를 바친다는 것은 위안이 되는 일이기도 하다. 내가 세상을 떠났을 때 누군가 나를 기억하고 그리워하고 평안을 기도해 준다면 얼마나 고마울까. 상상만으로도 흐뭇하고 좋다.

유경환 선생께서 세상을 떠나시고 얼마 후에 소포 하나를 받았다. 그 소포 안에는 미망인이신 사모님의 애절한 편지와 함께 기도문이 쓰인 책갈피꽂이 스무 장이 들어 있었다. 사모님은 돌아가신 분을 위해 할 수 있는 일이 이것뿐이니 어렵지만 많은 분들에게 전해 기도를 부탁한다는 편지였다. 거기에는 "유경환 클레멘스의 영원한 안식을 빕니다."라는 기도문이 씌어 있었다. 나는 그것을 갈멜 회원들께 드렸고 아마도 선생님은 한꺼번에 많은 기도 편지를 받고 기뻐하셨을 것이다.

그 곱던 은행잎이 잎새 하나 남기지 않고 떨어졌다. 물리적인 것은 나무가 옷을 벗는 일은 추운 겨울을 나기 위한 자구책이라 하지만 내 눈에는 삶의 지혜를 일러주는 예언자 같기도 하다. 그것은 사람도 죽음의 순리가 있기에 지구가 존재한다는 것을 알려 주는 것 같다. 요즘 백세 시대라 해서 수명 연장을 경사라고 선전하기도 하나 그것은 어디까지나 건강할 때 일이지 병들고 외로우면 백 세라는 숫자가 아무 짝에도 쓸모가 없다. 사라지고 새로 태어나고 이 자연스러운 현상이 바로 섭리 아니겠는가.

검푸른 바다에 생떼 같은 자식들을 잃은 어버이들이 있다. 그분들 가슴에는 무쇠보다 더 질긴 우체통이 달려 있어 시도 때도 없이 편지가 갈 것이다. "밥 먹었니" "많이 춥지?" 목구멍에 걸린 가시처럼, 가슴에 찔린 화인처럼 자식들이 매달려 오도 가도 못하게 할 것이다. 우리는 아픈 여름을 보내면서 수많은 사연들을 하늘 우체통에 써서 보냈다. 미안하다고 용서해 달라고 이 나라에 어른임이 부끄럽다고. 우리가 어떻게 해야 너희들 멍든 가슴이 편안해지겠냐고, 속죄의 시간을 보냈다.

유난이 가슴시리고 으스스한 이 계절, 나는 촛불 밝히고 손가락 끝에 멍이 들도록 편지를 쓸 것이다. 떠나간 이들을 위한 속죄의 마음을 글로 쓸 것이다. 남아 있는 분들을 위한 용기를 대필할 것이다. 떠난 이들이 들려줄 이야기를 토씨 하나도 빠짐없이 대필하여 하늘 우체통에 넣을 것이다.

하늘 우체통은 산 자와 죽은 자의 그리움의 가교이다.

설원에 서면

아침에 커튼을 여니 눈이 내린다. 평곡벌은 까무룩 눈발에 잠기고 자다 깬 가로등 불빛이 잔광을 내고 있다. 서울을 비롯한 전국에서 이미 서설을 밟았다지만 나에게는 이 눈이 서설이고 첫눈이다. 크고 작은 눈발이 입성 한 장 걸치지 않은 나목들 가지에 내려앉는다. 백설 분분한 아파트 마당에는 한 옥타브 높아진 아가들 목소리. 얼른 앞창에서 뒤창으로 간다.

어린이집 통학 버스를 기다리는 아가들이 등에 거북 등딱지 같은 배낭을 메고 종종걸음이 바쁘다. 두 팔을 벌려 하늘을 향해 눈을 받는 아가, 눈을 받아먹겠다고 얼굴을 쳐들고 입을 벌린 아가, 내 눈에는 저들이 눈송이로 보인다. 아무 걱정 없는 천진한 유희, 옆에 있는 어른들은 눈 때문인지 움츠러드는데 아가들은 꼿꼿하게 밝기만 하다.

그때 한 어린이가 옆에 있는 어린이 놀이터로 쪼르르 뛰어간다. 아파트 마당에 오는 눈은 오는 대로 녹아서 물기가 되는데 놀이터에는 떡가루를 뿌린 듯 온전히 하얗다. 아가는 환호하며 완벽한 순결 위에

점을 찍는다. 콩 콩 콩……. 이층에서 내려다보는 발자국은 그대로 음표다. 그래, 하늘이 허락하는 아가들의 세상도 이렇게 첫눈 온 날 놀이터처럼 깨끗하기를, 아무리 번다한 어른들 세상이래도 동심의 영역만큼은 이렇게 보호되기를. 노란 버스가 천천히 들어온다. 그사이 놀이터에서 고사리 같은 손으로 눈을 뭉친 아가들이 눈을 들고 타려 하자 엄마들 손길이 떨쳐 낸다.

다시 앞창으로 옮긴다. 바람을 타고 눈은 분분하게 내린다. 젊었을 때는 첫눈 오는 날 첫사랑과 만나자는 약속도 했지만 세월 탄 간이역엔 기다림도 떠나갔다.

마음은 설피를 신고 싸리문을 나선다. 언제나처럼 문을 나서면 겨울 사과밭이다. 사과나무를 스물다섯 해 길렀으니 내 의식 한가운데는 어쩔 수 없이 사과밭이 들어 있나 보다. 과수원의 사계는 아름답지 않은 것이 없다. 그중 가장 좋아한 겨울 과수원, 대지는 눈이불을 덮고 고요하다. 뒤끓던 애증도 헛된 희망도 모두 벗어 놓고 평화롭다. 그 대지에 뿌리박은 사과나무들, 다산의 여인처럼 등 굽고, 상처입고 본새 예쁘지 않은 나무들은 신음조차 숨죽인 의연한 은자다. 세상에서 주목을 받고 싶은 날, 아니 주목받으려다 좌절한 날 그 사과밭에 서면 나무는 그냥 살라고 가르치고 찬바람 가르는 나무 울음으로 달래줬다. 그리고는 은근히 주목받기를 그만둘 때 네 삶은 영근다고 귓속말로 일러줬다.

겨울 사과밭이 나를 흔드는 것은 정직한 모습 때문이다. 꽃으로 말하는 봄보다 잎으로 우거지는 여름보다 탐스러운 사과로 찬란해지는 가을보다 희망, 명예, 욕망 다 벗어 버린 헐벗되 궁하지 않은 존재의 가벼움. 시시비비 가리지 않고 도토리 키 재기 경쟁하지 않고 자신의 길을 가는 군자의 모습이 좋아서다. 그것은 자족의 삶이다.

그래서 겨울이 오면 내 의식은 설원으로 떠난다. 가지고 갈 것은 없다. 그동안 어디다 빼놓고 살았는지 모르는 나를 챙겨 나만 가지고 가면 된다. 캠핑족들처럼 설원 가운데 상상의 텐트를 치고 때 묻은 의식을 버리고 싶어서다. 더할 것도 덜할 것도 없는 본연의 나와 대좌하고 끝없는 대화를 나누고 싶어서다. 그리고 세상에 나갈 때면 눈처럼 맑아지고 깨끗해져 새로 태어난 아이로 서기 위해서다.

눈이 와야 겨울이다. 겨울은 피 뜨거운 사람들조차 내향하게 만드는 마법의 계절, 봄, 여름, 가을 내내 밖으로만 나가던 발걸음이 모처럼 불빛 아래로 모여들어 체온을 나누는 사랑의 계절, 환영한다.

조약돌 두 개의 유품

굴뚝에서 저녁 연기가 피어오르는 마을입니다. 별이 죄다 살아나서 말을 걸어 오는 동네, 산을 몇 개 넘으면 선생님이 사랑하신 자란만을 안고 있는 하일면입니다.

선생님, 얼마 전에 유고집 『아흔 즈음에』를 읽었습니다. 글을 읽으며 그리움과 죄송함이 차올랐습니다. 재작년 정상옥 사모님의 수필집 『산처럼 바다처럼』을 보내 주셔서 선생님 근황을 알게 되었지요. 그 글에서는 사모님이 투병하시는 동안 수발을 들어 주셔서 평생 가장 행복한 부부로 살고 계신다는 이야기였습니다. 한 지어미의 지아비로 가정적인 모습이 참 보기 좋았습니다. 선생님은 건강하셔서 오래오래 사모님 곁에서 그렇게 계실 줄 알았습니다.

선생님, 83세를 사시는 선생님이 지레 아흔 즈음에를 생각하시고 건강을 해칠 만큼 글을 쓰게 한 절박한 심적 동기가 무엇이었나요? '외로움에 저리고 절어서', ' 외로움 어디 좀 겨루자고', '시간의 웅덩이에 빠져서', 이러한 글들이 며칠 밤을 저를 아프게 했습니다. 그런 아픔이 차고 올라 더 견딜 수 없게 해서 남녘으로 떠난 길입니다.

하일면 송천길 45번지, 뒤로는 높지 않은 좌이산이 푸르고, 앞으로는 자란만이 쉬는 듯 조용히 엎드려 있는 곳, "선생님!" 하고 소리치면 달려 나와 주실 것 같은 하얀 이층집입니다. 후원으로 수목이 우거진 정원이 나왔습니다. 석물이 군데군데 조화롭고 뜰엔 잔디가 고왔습니다. 사모님이 계신 줄 알고 "사모님 계세요?" 하고 소리치자 유리창 문을 열고 남자 한 분이 얼굴을 내밀었습니다. 사모님은 병환이 깊어 서울 따님 댁으로 가셨다 합니다. 선생님이 글을 쓰시던 서재에 잠시 들어가도 좋으냐고 했더니 쾌히 응낙을 합니다.

집은 새로 들어올 사람 내외분이 유품을 정리하는 모양입니다. 선생님 서재로 들어갔습니다. 선생님이 앉아서 내다보셨을 자란만이 한 아름 들어오는 창 앞, 손때 묻은 책상, 컴퓨터, 의자 옆에 서니 눈물이 쏟아졌습니다. 선생님은 자란만에 포근히 안기고 싶다 하셨지요? 글 창작에 핍진해진 육신과 영혼을 그 물가에 안기고 싶으신 마음 압니다. 사람은 누구도 선생님을 안기에는 자란만 만큼 넉넉하지도 포근하지도 않을 것입니다. 아니 그만큼 고요하지도 평안하지도 않을 것입니다.

선생님, 저를 맞아 주신 그분이 바로 추모사를 쓰신 제자 교수님이라고 소개를 합니다. 선생님 내외분을 오랜 세월 곁에서 보필해 주신 그분이 선생님 댁을 구입하셨다 합니다. 참으로 다행입니다. 그분이야말로 그곳을 사랑하고 두 분 선생님이 사실 때처럼 아끼고 가꿀 분이기에 안심이 되었습니다. 그런데요, 선생님, 이미 며칠 전에 고성박물관에 유품 134점을 기증하셨다는 얘기는 들었지만요, 제가 보기에는 거기 남아 있는 모든 것이 빛나는 유품이었습니다. 그런 유품들이 주인을 잃고 한옆에 쌓여 있는 것을 보며 착잡했습니다.

톨스토이가 『부활』을 쓴 야스나야 폴랴나에는 그때의 모습 그대로 보존되어 후세의 사람들에게 작가 정신을 고무하고 있지 않던가요? 고성군이 정신 문화에 관심이 있다면 지금 있는 그대로를 보존해도 충분한 가치가 있다고 생각합니다. 평생을 바쳐 70여 권의 저서를 출간하시고 한국학이라는 학문 분야를 새로이 열어 놓은 분, 누가 있어 우리나라 남쪽 끝에 있는 자란만을 그토록 아름답게 표현해 내겠습니까, 제2의 야스나야 폴랴나도 가능하다는 믿음입니다.

사람의 한 생을 생각합니다. 이곳이 선생님의 한국학 연구에 기여한 것이며 건강을 회복하신 중요한 환경을 제공해 주었음을 압니다. 그럼에도 선생님이 그토록 외로워하셨음에 저는 가슴이 아픕니다. 자연은 있지만 사람은 없었던 게 아닌가 하고요. 어설픈 추측을 합니다만 따님의 아버님 추모글에도 『아흔 즈음에』에는 사모님과 자녀들 이야기가 없었다고 했어요. 그럼 선생님 마음에는 누가 사셨나요? 학문 때문에 다른 이들이 비집고 들어갈 공간이 없었던가요? 이미 선생님은 이승 아닌 더 높은 어느 곳에 취해 사신 것 아닌지요. '에라스무스' 라는 본명으로 세례를 받으셨다고 들었습니다. 그러면 하느님으로 가득 차셨나요?

선생님, 돌아오는 길에 너무 아쉬워서 베란다 난간에서 조약돌 두 개를 청해서 가지고 왔습니다. 선생님이 어느 한유한 날 황혼녘에 물가로 산책을 나갔다가 눈에 띄어 들고 오신 돌이라 생각되어 그것마저도 반가웠습니다. 그 많은 돌 중에 선생님 눈에 띄어 손에 쥐고 걸으셨을 선생님, 이 돌은 분명 한 순간이나마 선생님의 마음을 간직했을 것입니다. 한여름 섭씨 34도쯤의 거실의 온도에서 등줄기를 땀으로 적시면서 글쓰기를 하셨다는 선생님, 그 노역 중 어느 한 페이지에 제 작품평도 들어있겠지요. 또한 오래전에 사람들 앞에서 세미나 주제를 발표하시다가 문득 제 이름을 불러 주셨다는 황송한 말씀도 이 돌에 새겨 놓겠습니다.

사랑하고 그리운 김열규 에라스무스 선생님, 하늘나라 주님 품에서 글 짐도 벗어 놓고 외로움도 벗어 놓고 편안히 쉬세요. 땅에서 올려 보내는 기도로 안부 드립니다.

육필肉筆의 향기

며칠 전에 귀한 편지를 받았다. 편지 봉투에 쓴 주소, 이름부터 두툼한 편지 종이까지 달필로 쓴 편지가 흔치 않는 정성이라서 수시로 마음을 덥혀 주고 있다. 요즘은 카카오톡이나 메일로 소식을 주고받아 우체통에 꽂히는 우편물은 거의가 세금 고지서나 광고 전단이다. 사람은 없고 유령인 양 인쇄된 글자들 세상이다. 우편물은 많아도 말짱 헛거다.

그래도 내가 청춘일 때, 중년일 때 육필로 쓴 편지를 많이 받고 썼으니 가슴에 쟁여 둔 창고는 그득하다. 아무리 많은 시간이 흘렀어도 필체는 변하지 않는다. 가끔 전시회 엽서를 보내 주시는 C 교수님의 글씨는 50년 세월도 마다 하고 첫눈에 알아본다. 그것은 바로 안부다. 아직도 이 세상에 존재한다는, 작품을 하고 있다는 실존의 표시여서 여간 반가운 게 아니다. 또 어떤 시인은 자신의 이름 옆에 꼭 마침표를 찍어서 기억에 생생하고, 「외로움이 사는 곳」이라는 글을 쓴 수필가는 깨알 같은 글씨로 A4 용지 두 장을 가득 채워 손을 잡고 이야기를 나누는 듯한 친근감을 주었다.

두툼한 편지를 보낸 분은 몇 해 전『카미노 데 산티아고』기행 수필집을 낸 분이다. 그 책이 보고 싶어 보내 달라고 청을 드렸었다. 책을 받고 '내가 걸은 다섯 갈래 길 8천 리'라는 부제에 읽기도 전에 기가 눌렸던 기억이 생생하다. 참 대단한 투지를 가진 그분이 내가 발표한 어떤 글을 읽고 필사를 해서 보낸 것이다. 그것도 새벽잠을 밀어 내고……. 글체며 문체며 활달하고 사려 깊으신 분인데 어쩌려고 졸작을 필사하셨는지 송구하고 부끄러웠다.

육필 편지를 받으면 떠나 버린 감성이 살아나고 가뭄에 햇볕들 듯 온기가 스치고 간다. 이 작가는 내게 뿐만 아니라 다른 분께도 이런 편지를 보낼지도 모른다. 그것은 세상을 향한 관심이고 사랑일 터다. 서로의 존재감을 부각시키는 방법이기도 할 것이다. 그럼에도 나는 세상에 단 하나밖에 없는 분에게서 단 한 번밖에 받을 수 없는 편지를 받은 듯 감동으로 간직하고 있다.

편지는 마음의 전달이다. 어느 순간 상대방을 향하여 마음이 열리면서 그리움이 끓어오를 때 문득 필을 들어 안부를 묻는 마음의 통화다. 전화를 하고 난 뒤 여운으로 먼 하늘을 바라보는 그런 도취일 수도 있다. 어떤 날은 나도 그런 통화를 하고 싶어 어렵게 편지를 쓴다. 보내온 수필집을 읽고 깊은 감동을 받았거나 까닭 없이 그리워지는 날에 단번에 편지를 쓴다. 퇴고도 하지 않는다. 민얼굴로 만나는 그런 사이라고 마음의 원근을 따지지 않는다. 문인 주소록에서 주소를 찾아 쓰고 봉투를 봉하고 우체국에 가서 부친다. 그 순간 수신인의 표정을 상상하면서다.

이렇게 편지를 보내고 나면 내게 오는 편지를 더 고맙게 받는다. 번거로운 과정을 거쳐 도착한 마음의 정표여서다. 겉봉부터 속편지까지 절절한 사연과 행간의 의미까지 읽고 또 읽는다. 혼자 읽다가 가슴이 벅차 오면 옆에 있는 사람에게도 읽어 준다. 그것은 하나의 시위일지도 모른다. 나는 잊힌 사람이 아니라는 당당한 증거품을 들고…….

지난 봄에 안동박물관에서 4백 년 전 원이 엄마가 쓴 언문 편지를 보았다. 젊은 나이에 병을 얻어 세상을 떠난 지아비의 가슴에 얹어 준 글이다. 구구절절 한스러운 마음이 마치 어제런 듯 다가와 그 자리에서 발걸음이 떨어지지 않았다. 하고 싶은 이야기가 얼마나 많았던지 편지지 아랫단 여백에까지 가득 채운 여인의 마음이 4백 년 후의 우리들 가슴마저 저리게 했다. 그날 돌아오면서 그 편지가 현대판 인쇄체로 씌어졌다면 정감이 반감됐을 것이란 생각을 했다.

전남 보성군 벌교에 있는 조정래 태백산 문학관에는 작가가 심혈을 기울여 집필한 원고가 있다. 자그마치 장장 1만 6천 5백 매에 달하는 육필 원고 앞에 섰을 때 이상하게도 막막했다. 유리 상자 안에 천정 가까이 쌓여 있는 원고지는 작가의 정신적 사고와 우리나라 근대사를 집대성한 정신적 노적가리여서 압도됐다 할까. 한 바퀴 돌아 나와서 다시 원고더미 앞에 섰을 때 나는 아까와는 다른 감동에 콧마루가 시큰거렸다. 그것은 노동이었다. 아파트 공사장에서 벽돌을 져 나르는 이상의 육체적 노동이라는데 안쓰러움이 밀려들었다. 아마도 작가의 장지 첫마디에는 펜대로 생긴 혹이 생기지 않았을까. 다른 말이 필요 없었다. 그러니까 조정래 작가는 머리와 가슴과 손으로 아니 온몸으로 대작을 완성한 것이다.

육필이란 본인이 직접 손으로 쓴 글씨이니 글쓴이의 혼이 들어가 있을 것이다. '육'자가 들어가면 친근하다. 그래서 나는 '고기 육肉'이라 하지 말고 '몸 육'이라고 부르고 싶다. 몸처럼 정직한 게 세상에 또 있는가. 아프면 아프다고, 싫으면 싫다고 직언하는 논객이다. 그래서 내가 세상에서 가장 존경하는 사람은 몸으로 사는 사람이다. 몸으로 땀 흘려 사는 사람들, 이 몸에 농기구라는 연필을 들려 써 내려간 것이 바로 계절 편지다.

요즘 들녘에는 봄에 써 보낸 편지의 답장들로 그득하다. 황금 들녘이며 고개 숙인 수수 이삭, 만삭의 여인이 된 사과나무 , 어느 것 한 가지도 육필로 쓴 편지 아닌 것이 없다. 봄내 고단하게 써 보낸 편지가 알찬 결실의 답장으로 도착했다. 나는 금방 알아본다. 그 편지를 쓴 이와 받을 이가 누구인가를. 향기가 진동한다.

칼

손가락을 베었다. 무채를 치다가 섬뜩하기에 들어 보니 왼손 새끼손가락이 피투성이다. 순간에 일어난 일로 도무지 영문을 모르겠다.

씽크대의 칼집에는 다섯 자루의 칼이 꽂혀 있다. 냉동 고기를 써는 톱니칼부터 고기를 다지는 춤이 두껍고 무거운 칼, 배가 나온 칼, 과일을 깎을 때 쓰는 과도, 그리고 제일 앞자리에 두고 부엌일을 할 때 가까운 동반자가 되어주는 얍상한 칼이다. 이 칼이 일을 낸 것이다. 소독을 하고 반창고를 붙이고 소란을 떨며 이상한 낭패감에 휩싸였다.

치료를 해주던 남편은 새끼손가락이니 큰 지장은 없을 거라고 대수롭지 않게 말했다. 그 말을 믿고 고무장갑을 끼고 설거지를 하고 행주를 빨아 널었다. 오전 일을 마치고 고무장갑을 벗자 속에 낀 면장갑 반이 뻘겋다. 피다. 사람이 피를 보면 이상 반응이 일어나는 모양이다. 금세 가슴이 뛰고 머리가 띵해지면서 혼란이 왔다.

피는 사람의 혈액이고 바로 목숨과 직결된다는 데 무의식적인 연대감이 있는 모양이다. 가까스로 진정을 하고 다시 치료를 하는데 피가

멎지를 않는다. 우선 지혈부터 해야 하는 것을 상처만 소독하고 싸맨 결과였다.

새끼손가락이라 대수롭지 않다던 말은 모르는 소리였다. 왼손 중에 제일 가장자리에 붙어 있어, 있어도 그만 없어도 그만 정도가 아니었다. 힘을 쓴다든가 물건을 집어 올린다든가 하는 일에는 쓸모가 적었지만 그 하나로 왼손 전체가 무용지물이 되는 것이다. 세수도 한 손으로 청소며 설거지도 한 손으로 하자니 불편하기가 말이 아니다.

세상을 창조하신 조물주가 신체를 양쪽으로 대비시켜 균형을 맞추고 만약의 경우를 생각해서 두 개의 지체를 만들었다는 것에 새삼스럽게 경이감이 들었다. 일상이 마비 상태에 이르는 것은 고사하고 무엇보다도 컴퓨터 자판을 두드릴 때 여간 불편한 것이 아니다. 다섯 손가락이 각각 짚어야 하는 글자판이 있어 제대로 잘 짚어야 하는데 손가락 끝을 가분수마냥 잡아매 놨으니 시프트를 누를 때 다른 것까지 끼어 눌려 오자가 되는 것이다.

보름을 넘게 반창고를 붙이고 다니다가 풀었다. 홀가분하기가 날아갈 것 같다. 상처 난 부위도 거지반 아물었으니 어디 시운전을 해보리라고 컴 앞에 앉았다. 생각은 충분히 될 것 같은데 실제로는 아니다. 새끼손가락 끝이 자판에 닿는 순간 아찔하도록 통증이 오는 것이다.

끼니 때면 칼을 쓴다. 내 손 안에서 입속의 혀처럼 자연스러웠던 칼놀림이 서먹해졌다. 저것이 또 말썽을 피우면 일을 못할 테니 조심해야 한다고 마음을 다잡을수록 곁을 주지 않는 것 같다.

그러고 보니 그동안 내가 저 물건을 너무 허물없이 대한 것이 아닌가 싶다. 과도를 써야 할 때도, 생선을 다듬을 때도 만만한 그 칼을 들었다. 언제나 손잡이를 잡으면 상냥하게 온몸을 다 내맡기는 친근감이 좋아서였다.

칼을 생각한다. 칼의 생명은 자르거나 깎거나 다듬는 일이다. 반짝이는 은빛 몸을 비스듬히 뉘여 묵을 채치든가 뚝다리 국수를 썰 때의 날렵함이란 물찬제비 같지 않든가. 어디 이뿐인가, 의사의 손에 든 작은 칼이 질병을 떨쳐 내고 새 생명을 부여하는 신비의 칼이듯 마디 굵은 어머니의 손에서 고락을 함께하던 칼, 쓰이는 이와 부리는 이가 호흡을 같이할 때 명품의 진객을 창조하는 것이다.

요즘은 가전제품이 여러 종류가 나와서 분쇄기, 다지기 등 용도에 따라 쓰는 제품이 많다. 그럼에도 제품은 사다가 선반 위에 올려놓고 긴 안반을 내려 칼국수를 써는 이 마음은 도도히 흐르는 문명을 역류하는 나만의 향수가 아닐까 싶다.

어찌 생각하면 사람의 몸은 칼집이다. 누구나 똑같이 잘 드는 칼 하나를 몸에 지니고 산다. 보이지 않는 이 칼은 잘 쓰면 상처를 봉합시키기도 하지만 자칫하면 남도 베고 자신도 베어 상처를 남긴다.

잘 나갈 때는 친구 같고 요긴한 물건이지만 덧들리면 상처를 안겨주는 위험한 물건이다. 친구도 칼 같다는 생각을 가끔 한다. 가까울수록 예의를 지키고 친할수록 적정거리를 유지하여 서로의 사랑에 베이지 않는 지혜가 필요해서다. 또한 쇠칼이 낸 상처는 한두 달이면 아물지만 사람의 혀로 낸 상처는 오랜 시간이 흘러도 쉬 치유되지 않는 걸 보면 쇠붙이 칼이거나 말의 칼이거나 칼은 무섭다는 생각이 새롭게 든다.

아직도 통증이 가시지 않는 새끼손가락은 또 하나의 경전으로 나를 타이르고 있다.

마른 땅

칩거 중이다. 곰이나 뱀처럼 땅속 굴에 들어가서 겨울잠을 자는 기분이다. 가급적이면 외출을 삼가고 집 안에서 뱅뱅 돌며 지내노라니 하루 시간이 엿가락처럼 늘어나는 것 같다. 남편과 애먼 텔레비전 쟁탈전만 벌이다가 토닥거리기 일쑤고 그러자니 행동 반경이 좁고 움직이지 않으니 소화가 더디다.

올겨울은 유난히 눈도 많고 춥다. 눈이 내린 뒤 녹을 새 없이 또 내리니 땅은 온통 눈이나 얼음으로 도배를 했다. 연일 들려오는 소식이 누구는 빙판에 넘어져서 복사뼈가 부러지고 누구 남편은 자빠져서 어깨뼈가 골절되었다는 겁나는 이야기다. 텔레비전에서도 차들이 미끄러져서 충돌하는 장면이 방송되고 행인들이 넘어지는 모습이 카메라에 포착되기도 한다.

내 스마트폰의 문자는 우리 아이들과 제자들이 보내온 경고로 가득하다. 꼼짝 말고 집에 있으라는, 아버지를 꼭 잡아 외출 금지시키라는……. 그런 경고를 받았음에도 입원해 있다는 사람들 문병은 가야 하지 않는가.

모처럼 중무장을 하고 길을 나섰다. 빙판길에서도 미끄러지지 않는 방한화를 신었는데도 길 위에 서니 오금이 저린다. 어디 한 군데 빤한 곳이 없다. 날씨가 좀 누그러져야 녹을 텐데 연일 영하 15도를 찍으니 길도 제 맘대로 녹을 수가 없을 것이다. 아파트 구내에서만 20분을 걸었다. 시내로 나가자면 인도를 찾아 걸어야 하는데 발 디딜 마른 땅이 없다.

그럼에도 놀이터에는 얼굴이 발간 아기들이 왁자하다. 방학을 맞은 어린이들이 신바람이 나서 눈을 굴려 눈사람을 만들고 눈싸움을 한다. 나무 하나를 의지해 서서 노는 모습들을 하염없이 바라본다. 도무지 겁이 없다. 눈 위에 엎어져도 금방 털고 일어난다. 장갑이 젖어서 물이 뚝뚝 떨어져도 상관하지 않고 아예 장갑을 벗고 맨손으로 눈을 주무른다. 완전히 딴 세상이다. 소리 지르고 펄쩍펄쩍 뛰고 가만히 서 있는 어린이가 없다. 저것이 동심일 게다. 아무것도 두렵지 않고 추운 줄도 모르고 천진난만 뛰노는 순수, 그때 놀이터에 둘러 있는 벚나무에 까치 한 마리가 날아와 앉는다. 나이가 든다는 것은 순수가 사라지는 것이다. 왜 순수가 사라지나 생각해 보니 너무 많은 것을 알기 때문이다. 걱정하지 않아도 될 것을 미리 걱정하고 앞에 닥칠 위험에 미리 주눅이 드는 것이다.

내게도 분명 저런 시절이 있을 터……, 가물가물한 기억 저편을 더듬어 보니 친정집 뒤란이 떠오른다. 집 뒤로는 아카시아 숲이 있는 야트막한 산이었다. 내 위로 여섯 살이 많은 언니가 하나 있고 언니보다 두 살이 위인 삼촌이 있었다. 웬일인지 언니와 삼촌은 잘 어울리지 않았다. 대신 삼촌은 항상 나를 업고 다녔다. 집에서는 얌전하게 삼촌 등에 업혀 나와도 뒤란 모퉁이만 돌면 내려 달라 떼를 써서 기어이 눈 위에 내려섰다. 아무도 밟지 않은 백설기 같은 눈밭 위에 다섯 살 어린 것이 까르르 웃으며 벌러덩 누웠다. 그러니까 눈 사진을 찍은 것이다. 토끼털 귀마개를 하고 벙어리장갑을 낀 채 기침을 콜록거리면서 천방지축 뛰는 것을 보며 삼촌은 겁이 더럭 났다.

집에 가면 형수한테 애를 잘못 보았다고 꾸중을 들을지도 모른다. 그날 이후 나는 후생병원에서 일주일을 입원해 있었다. 감기가 폐렴이 되어 열이 떨어지지 않았다는 것이다. 그래도 내 어릴 적 일 중에 가장 곱게 남은 환희다.

얼마나 오래 서 있었는지 다리가 뻣뻣하다. 아참, 내가 병원에 가던 중이었지. 시내에 있는 병원을 40분 걸어서 도착했다. 병원은 만원이었다. 발 디딜 틈 없이 환자와 보호자들이 득시글대면서 만선의 배가 들어온 포구처럼 왁자했다. 목발을 짚고 깡충거리는 남자. 팔에 석고 붕대를 감은 초등학교 어린이, 입원 수속을 하는 팀, 사람들이 눈 오는 날은 정형외과 잔칫날이라는 말이 실감났다.

의사와 간호사가 눈코 뜰 새 없이 처치실로 엑스레이실로 바쁜 걸음이다. 내가 아는 분은 입원 사흘째다, 마당에 눈을 쓸다가 엉덩방아를 찧었다는데 다리뼈가 세로로 골절되었다는 것이다. 노인이라 쉽게 아물지도 않고 고생을 하게 생겼다. 이 방 저 방 노인들이 많다. 복도에서 서성대는 젊은이들 이야기가 바람처럼 스쳐간다. "집에 가만히 있으라는데 공연히……. 쯧쯧" 하는가 하면 가게 일로 바빠 죽겠는데 누가 간병할 거냐며 서로 떠미는 장면, 이때다 싶게 앰뷸런스 사이렌 소리와 함께 젊은이가 실려 들어온다. 자동차 추돌 사고라 한다.

나는 얼른 인사를 마치고 병원을 빠져 나왔다. 거기 더 있다가는 나도 뼈가 어떻게 될 것 같은 기분 때문이다. 멀쩡한 다리를 만져 본다. 아직은 그래도 단단한 내 다리, 이 다리로 칠십다섯 평생을 버텨 왔으니 고마운 내 다리다. 목도리를 단단하게 두르고 마스크를 썼다. 그리고 큰기침을 하고는 씩씩하게 걸음을 내디뎠다. 아까 오던 길을 버리고 버스가 다니는 큰 길로 들어섰다. 양지쪽 상가 앞에는 군데군데 마른 땅이 반겨 주었다. 손바닥 하나쯤의 마른 땅만 골라서 씩씩하게 걸어가던 내 앞에 느닷없이 떠오르는 얼굴들이 있었다.

이 험한 세상에 내가 편히 살도록, 여태 무사하도록 마른 땅이 되어 주었던 사람들……. 자꾸 목이 메었다.

어떤 아버지와 아들

용서라는 테마로 불화한 아들과 아버지가 외국 여행을 하며 화해하는 텔레비전 기획물을 보았다. 이 경우 대부분 아들의 도전적인 모습이 안타까움을 자아 낸다. 자식 앞에 어떻게 살았기에 만인이 보는 공개 프로그램에서 저토록 수모를 당해야 하나 싶어서 같은 부모 입장에서 민망하기 그지없다.

그 아버지는 노상 술에 취해 살았고 아내에게 가족 부양의 의무를 떠넘겼다. 부부싸움을 할 때 폭력을 휘두르고, 아내고 자식이고 가리지 않고 만용을 부렸다. 그것을 보고 자란 아들은 타인과 싸우는 것으로 분노를 풀고 그로 인해 어려서부터 학교에서 친구들 간에 왕따를 당하고 살았다고 한다.

아들은 아버지에게 자신에게 해준 게 뭔데 이렇게 하라 저렇게 하라 간섭이냐고 그럴 자격이 있느냐고 따진다. 대화를 하려 해도 아들의 일방적인 공격에 아버지는 말을 잇지 못한다. 이 부자는 캄보디아 오지에서 가난하지만 화목하게 살아가는 가족을 만난다. 또 그곳 전

통춤을 함께 추면서 아들이 아버지를 주먹으로 쳐서 쓰러트리는 경기를 하면서 아들은 속 깊은 응어리를 풀어 간다. 아버지는 자신의 잘못을 뉘우치며 아들에게 미안해하고 용서를 청한다. 결국에는 서로 부둥켜안고 화해하는 해피엔딩이다.

보는 사람에 따라 느낌은 다를 터이고 판단 또한 자유다. 나는 이 프로그램이 불편했다. 화해를 하려면 남들이 보지 않는 데서 서로 속 깊은 아픔을 토해 내고 진정으로 용서하는 게 낫겠다 싶어서다. 피를 나눈 부자 사이에 카메라 앞에서만 화해가 가능하다면 그 화해는 전시용이 되지 않을까 하는 우려도 생겼다.

반면에 화면에 보이지 않는 아버지의 또 다른 아픔이 짚여져 왔다. 일방적으로 문제의 아버지라고 몰아붙이기 전에 그렇게밖에 살 수 없었던 피치 못할 사정이 있을지도 모르지 않는가. 그럼에도 불구하고 화면의 아버지가 민망한 것은 가난하고 어려운 환경에서도 성실하고 바르게 자녀를 사랑으로 기르는 부모가 많기 때문이다. 학교 상담 교사의 말을 들어보면 상담실에 오는 학생 가운데 부모의 문제가 많다고 한다. 가출은 세상이 궁금해서가 아니라 불화하고 폭력을 휘두르는 아버지로부터 탈출하고 싶어서라고 한다.

그들의 모습 위로 필리핀 바닷가에서 만난 부자의 영상이 겹쳐졌다. 가난했다. 집집마다 자녀가 보통 육칠 남매, 많게는 열 명이 넘는다고 했다. 먹고 사는 걱정은 둘째고 낙태가 법으로 허용되지 않는 가톨릭 국가여서 아이가 생기면 무조건 낳아야 한다. 가는 곳마다 사람이 넘쳐났다. 집 앞 골목에는 서너 살 무렵의 아이들부터 초등학교 저학년 또래의 아이들이 바글바글했고 마을 운동장이나 공터에는 중 · 고등학생 정도의 아이들이 빼꼭하게 모여서 축구를 하거나 배드민턴을 쳤다. 가무잡잡한 피부의 아이들이 웃고 떠들며 노는 곳은 활기차고 역동적이었다.

석양이 아름다웠던 그 바닷가에서 만난 부자는 어린 아들과 그의 아버지 어부였다. 아버지가 조그만 나룻배로 고기를 잡는 동안 아가는 뱃머리에 서서 노를 잡고 있었다. 쉬운 판단으로는 아이 엄마가 세상을 떠서 맡길 곳이 없어서 아버지가 생활 현장으로 데리고 다니며 사는 것이 아닌가 싶었다. 아이에게 몇 살이냐고 물으니 네 살이라 했다. 우리나라 같으면 어린이집에 갈 나이의 아이가 바닷물도 두려워하지 않고 조업의 현장에 있는 것이 신기하기 짝이 없었다. 어부는 그렇게 가업을 잇는다고 했다. 따로 가르쳐 주지 않아도 아버지가 하는 일상의 모습을 보고 자연스럽게 노를 젓는 법을 배우고 고기 잡는 법을 터득한다. 자라서 청년이 되면 고깃배 한 척 장만해서 독립을 시킨다고 했다. 가난하지만 행복하다고 했다.

팍상한 폭포를 보기 위해 계곡을 찾아갔다. 필리핀 특유의 조붓한 나룻배에 네 사람이 쪼그리고 앉았다. 배 앞뒤에 필리핀 남자 둘이 각기 맡은 역할을 위해 섰다. 팍상한 폭포를 보려면 이 강물을 역류해야 한다. 폭이 넓은 곳은 그래도 밀어볼 만하나 폭이 좁고 돌투성이 가파른 곳에서는 어른 4명이 앉은 배를 들다시피 하고 거슬러 올라가야 한다. 보통 힘든 일이 아니다. 앉아 가기만 해도 그들의 숨찬 소리가 물소리보다 크게 귓전을 울렸다.

그러나 그들은 시종 웃으며 힘든 삶을 밀고 올라갔다. 몸집이 작고 기운이 없어 뵈는 얼굴인데 지구력은 대단했다. 어떻게 온몸으로 부딪치며 힘들게 살 수 있을까 생각해 보았다. 보다 편한 일자리를 찾아 철새처럼 옮겨가는 젊은이들이 도처에 넘치는 우리의 현실에서 우직하게 사는 그들이 예사롭지 않아 보였기 때문이다.

그 결과는 바닷가에서 만난 부자가 답이지 싶었다. 어려서부터 보고 배운 것, 몸으로 터득한 삶의 방법이 그들 삶의 원동력이고 지혜가 아닐까 싶어서다. 다시 화해 장면으로 기억의 필름이 돌아간다. 반항하는 아들 앞에 가슴을 치는 화면의 아버지 위로 네 살짜리 아들과 고기를 잡는 필리핀 어부의 모습이 환하게 명멸한다.

품바

배우가 되고 싶은 때가 있었다. 사람의 일생은 한 번으로, 그 한 번에 매달려 애면글면하다 막이 내리는데, 배우들은 갖가지 인생을 다 살아 보는 것에 부러움이 앞섰던 것 같다. 왕의 배역을 받으면 왕으로 분장해 왕의 인생을 살아 내다가 어느 날에는 천민이 되어 갖은 학대를 받는 배우, 진폭이 커서 그런지 멋있어 보였다. 이것은 예술에 대한 이해의 미숙과 안목의 부족일 터이다.

배우도 아니면서 드라마틱하게 자신의 인생을 연출하는 사람들이 있다. 바로 품바들이다. 품바는 각설이와 걸인의 대명사로 통한다. 이 각설이의 유래가 애잔하다. 백제가 신라와 당나라 연합군에 의해 망하자 당시 백제의 지배계급층들이 떠돌이 나그네가 되어 거지로 변장하거나 병신으로 위장 또는 걸인 행각을 하면서 그들의 울분과 억울함을 품바 타령으로 표현했다는 기록이 있다. 목숨을 부지하기 위한 수단이었을 테지만 하루아침에 전락한 패자의 한이 타령 굽이마다 박혀 있는 것 같다.

이곳에서 전국 품바 축제가 열린 지 16년이 된다. 예총에서 하는 행사라 직접 관여하기도 했다. 일상화된 품바 공연이 다른 축제에서는 양념 정도 들어가지만 이곳에서는 전국 품바왕 경연 대회를 중심으로 운영되고 있어 참여 규모도 크고 거액의 상금에 대한 치열한 경쟁도 있다.

품바 하면 분장을 빼놓을 수 없다. 3박 4일간 품바들은 물론이려니와 참가하는 어린이나 어른이나 페이스 페인팅과 거지 옷으로 분장하고 평소의 자신에서 변화를 꿈꾼다. 재미있는 것은 분장하면 아무도 자신이 누구라는 것을 알아보지 못한다. 행사장 곳곳에서는 거렁뱅이로 분장한 품바들이 주야장천 품바타령으로 날 새는 줄 모른다. 전국에서 몰려 오는 품바들이야 그렇다 치더라도 품바를 따라 이동하는 애호가들의 열성은 가히 놀랍기만 하다. 이즈음에는 외국인들이 대거 참여하여 품바 옷으로 분장을 하고 북 치고 장구 치며 품바 타령을 배우고 떡메를 내리쳐 인절미를 만들며 즐거워한다. 그러니까 문화의 재발견이 되는 셈이다. 왜 이 바쁜 세상에 각설이 타령을 들으러 구름같이 모여들까.

축제는 여러 가지 프로그램으로 진행되지만, 관광객이 가장 많이 몰리는 것이 전국 품바왕 선발 대회다. 인터넷으로 접수된 팀들이 행사 전에 현장 확인차 내방한다. 사무실에 들어서는 그들은 어디 내놔도 손색 없는 헌헌장부다. 예의 바르고 겸손하고 요즘 보기 드문 신사숙녀들이다. 그러나 일단 무대에 서면 거렁뱅이 옷을 입고 배꼽을 내놓고 얼굴에는 익살스러운 화상을 그려 완전 변모다. 거침없이 쏟아 내는 사설은 그가 어제 본 그 신사, 숙녀라고는 아무도 알아보지 못한다.

그들은 자기가 하고 싶은 말을 몸짓, 눈짓, 걸쭉한 사설로 풀어 낸다. 쫄뱅이 정치가를 풍자할 때는 동질감을 느끼는지 청중의 반응이 뜨겁다. 서로 호흡이 맞아야 한다. 혼자 하는 품바도 많지만 더러는 남녀가 한조가 되거나 네다섯 명이 열연할 때 더 실감이 난다.

어떤 품바는 불효자의 눈물을 빼게 하고 어떤 품바는 사랑의 허상을 해학으로 풀어 낸다. 그래서 청중들은 그들과 함께 웃고 울고 가슴 치며 카타르시스를 느끼는 것이 아닐까 싶다. 공연을 보려고 마을 노인들은 이른 아침을 드시고 행사장으로 나와 자리 쟁탈전을 벌이는 일도 부지기수다.

어느 핸가 그해 품바왕으로 선발된 팀과 닫음식을 끝내고 임원들이 어울렸다. 그들은 쑥스러워했다. 술잔이 몇 순배 돌아가도록 얼굴을 제대로 들지 못하고 묻는 말에만 대답을 했다. 거두절미하고 사는 게 재미있냐고 묻자 "매이는 게 싫어서요." 동문서답이다. 잘 나가는 기업체에 다녔다. 그만한 자리에 오르면 경제적으로 안정되고 사는 맛이 나야 하는데 전연 그렇지가 않았다고. 기쁨 없는 생활, 틀에 박힌 생활이 싫어서 어느 날 사표를 쓰고 표표히 떠났다는 것이다.

다른 것은 중요하지 않다. 문제는 당신이 껍데기가 아닌 자신의 본질로 사느냐고. 그렇게 바라던 기쁨을 찾았냐고. 주거니 받거니 그날 이슥하도록 어울리며 사람들 가슴 지밀 안에는 이 품바 같은 열망이 있다는 것을 느꼈다. 해서 그들에게 자유로운 영혼이라고 명명했다. 많은 사람들이 당신들처럼 살고 싶어도 용기가 없어서 못한다고.

품바는 비틀거렸다. 긴장이 풀리고 주기가 스며드는 눈치다 "그런데요, 선생님. 어떤 날은 분장하고 무대에 선 내가 진짜인지 신사복 입고 사는 내가 진짜인지 아리송할 때가 있어요." 품바는 비틀거리며 저만치 걸어갔다. 나는 손자 같은 그의 뒤통수에다 대고 "임마, 모르는 게 좋은 겨. 진짜 가짜 따지지 말고 알맹이로만 살어." 하고 주문했다.

어쩌면 우리는 세상이 나를 알아 주기를 바라는 욕구와 모르기를 바라는 욕구 그 두 줄 사이에서 시소를 타는 존재인지도 모른다. 그들이 축제에 와서 분장을 하고 낄낄거리며 홍겨워하는 것도 바로 자기를 몰라보는 데 따른 자유로움 때문이 아닐까. 아니면 자신의 존재를 과장되게라도 확대시켜야 하는 조직 사회에 멀미를 느껴 잠시나마 숨통을 트려는 것일지도 모른다. 일탈을 꿈꾸는 사람들이 벌이는 향연은 그래서 올해도 성황이었다.

희망이 되는 이름

3월, 뉴욕의 하늘은 맑고 바람은 찼다. 그 찬바람도 반기문 유엔 사무총장님을 만난다는 기대감에 상쾌하기만 했다. 일행은 반 씨 대종계 종친들이다. 총장님의 초청을 받은 35명이 한국을 떠난 지 14시간 만에 뉴욕의 땅을 밟았다. 처음 만난 분들이지만 먼 선대부터 피를 나눈 종친이라는 유대감이 더욱 돈독해지는 이국 땅, 사는 곳은 서로 달라도 늘 만나던 사람들처럼 푸근하고 편안하다. 우리는 반 씨 성으로 태어났기에 어려서부터 반쪽이라는 별명을 갖거나, 번 씨, 심 씨 등으로 불리는 등 성 씨로 인한 많은 우여곡절을 겪으며 자랐다. 그러기에 반 씨 일가에서 유엔 사무총장님이 나왔다는 사실에서 느끼는 자부심이 크다.

총 열흘의 일정 속에는 뉴욕과 워싱턴 그리고 보스톤을 보고, 미국 국경을 넘어 캐나다 나이아가라 폭포 관광이 들어 있지만, 이번 여행의 백미는 반 총장님과 함께 하는 3시간의 만찬이다. 전날은 총장님이 젊은 날 수학한 미국의 명문 하버드 대학을 둘러보았고, 저녁 식사가 약속되어 있는 그날은 토요일이었다.

비가 내렸다. 뉴욕의 한국 식당 '참참' 2층은 소박했다. 우리 일행만으로도 꽉 차는 곳, 총장님은 두세 사람의 경호를 받으며 유순택 사모님과 함께 조용히 아주 조용히 오셨다. 온화한 미소를 가득 띠고 반가움에 쏟아지는 종친들의 환영 박수를 받으셨다. 표정은 잔잔하나 눈빛으로 품어 나오는 친근함은 각별했다. 왜 아니 그러하겠는가. 이국만 리 그분을 뵙기 위해 날아간 종친들임에랴.

이번 일을 추진하신 반병렬 대종회장님이 먼저 인사 말씀을 하셨다. 공사다망하신데도 초청해 주신 데 대한 고마움을 조촐한 기념패에 담아 전하고, 앞날에 서광이 가득하시라는 기념 족자를 선물하셨다. 이어 반재원 사무국장의 소개로 종친 한 분 한 분이 인사를 드렸다. 그 다음은 특별한 순서로 음성 품바 축제 기간에 모금된 이웃돕기 성금을 반영호 음성예총회장이 총장님을 통하여 유니세프에 전달하는 간단한 전달식이 있었다. 총장님은 고향 사람들의 이웃 사랑을 기쁘게 받으셨다.

총장님은 우크라이나 크림반도 사태로 전 세계의 이목이 집중된 가운데 푸틴 러시아 대통령을 만나 러시아와의 분쟁을 조정하고 급히 아프리카로 떠나야 하는 바쁜 일정 속에 잠시 우리 종친들을 만나기 위해 오셨다고 했다. 총장님의 답사가 이어졌다. 나를 찾아 먼 미국까지 오신 종친님들이 반갑다는 말씀과 고국에 가도, 고향에 가도 손 한번 잡아보지 못한 종친님들을 오늘 마주하고 얘기를 나누게 되어 기쁘다고 하셨다. 이어 종친님들은 여유가 있어 미국에까지 여행을 오셨지만 지금 이 시각에도 세계 곳곳에는 배고파 죽는 사람, 질병으로 죽는 아이들이 부지기수다. 페니실린 한 병이면 살아날 아이들이 무참히 목숨을 잃고 있다고. 크지 않은 목소리에 절제된 언어로 말씀은 이어졌다.

그분은 초등학교부터 대학에 이르기까지 동창들이 많이 있지만 제대로 만나지 못하고 산다 하셨다. 8대 유엔 사무총장에 당선되었을 때 5년 후에 만나자고 했는데 연임이 되어 10년 후로 미루어졌다며 웃으셨다. 또한 종친님들께 부탁드리는 것은 어떤 개인적인 부탁도 하지 말아 달라며 그것이 그분을 돕는 일이라 하셨다. 부드럽고 간곡한 말씀은 장내를 숙연하게 했다. 원칙에 충실하려는 그분의 열정이 고스란히 느껴졌다. 저만한 청렴결백 정신이 아니고는 어찌 192개국 대표들의 전적인 지지가 있을 수 있었겠는가. 연임식장에서 북한 대표까지 박수를 보냈다는 일은 유엔총장으로서 그분의 인품에 저절로 고개가 숙여지는 순간이었다.

세계 평화와 안정을 지키는 일이 유엔이 하는 일이다. 유엔회의를 총 주관하고 분쟁 지역에 날아가 분쟁이 빨리 끝나게 해야 하고 당사국 두 나라가 서로 침략하지 못하게 하며 세계가 아무 이유 없이 전쟁하지 못하게 막아야 하는 중재자 역할이 어디 쉬운가. 총장님은 우리가 어렸을 때 6 · 25 전쟁으로 동족에게 총을 겨누고 굶주린 기억을 상기시켰다. 그때 받은 각 나라들의 파병과 구호물품이 우리나라를 구했고 어린이들을 살렸다고, 이제는 눈부신 발전을 했으니 그 사랑을 갚아야 할 때라고. 그때 우리들 교과서 뒷장에는 유네스코가 지원한다는 작은 글씨가 씌어 있었다고 회고하셨다.

특히 안타까워하신 것은 생명에 관한 어린이들 문제였다. 유니세프는 전 세계 개발도상국의 어린이를 위하여 긴급 구호하고 보건 예방 접종으로 생명을 살리는 일, 식수나 환경 개선으로 아동의 생존 보호, 발달을 위해 노력하고 있다고, 세계 5700만 명의 어린이들이 교과서가 없어서 공부를 못한다고 호소하셨다. 나는 한국에도 공영방송에서 아프리카 어린이들의 영상이 뜨고 유니세프에 대한 소개가 적극적으로 진행되고 있다고 말씀드렸다. 또한 음성의 반기문로에 생긴 유엔 반기문 기념 광장 등 고향 소식을 전했다.

잔잔하면서도 열정 깊은 말씀이 우리들 가슴으로 스며들었다. 어쩌면 머리부터 발끝까지 아니 뼛속까지 인류애로 가득 찬 그분은 하늘이 내신 유엔 사무총장님이 아니신가 싶었다.

총장님의 철학을 그대로 뒷받침해 주시는 분이 바로 사모님이셨다. 화장기 없는 얼굴, 희끗한 생머리를 뒤로 묶고 수수한 차림에 그분의 손에 들린 가방은 1980년대 유행하던 백이었다고. 근검 절약을 몸소 보여 주시는 모습은 자연스럽고 고아하기까지 한 후광이었다. 시종 미소로 방 안을 감싸는 단아하고 은은한 사람의 향기.

식사 시간 내내 나는 밥 한 수저도 제대로 뜰 수 없었다. 한 말씀이라도 더 들어서 오늘의 만남을 고국의 이웃들에게 전하고 싶어서였

다. 그것이 글을 쓰는 나에게 주어진 임무 같았다. 아직까지 마음에 담긴 말씀은,

"종친의 울타리를 넘어서 배달 민족의 범주를 넘어서 세계로 눈을 돌려야 합니다. 나는 한 시간, 일초를 허송할 수가 없습니다. 지구촌 어디서 분쟁이 일어나면 날아가야 합니다. 한 생명, 한 국가의 생사를 돌봐야 합니다. 그러기에 내게는 여유가 없습니다. 나눠야 합니다. 고통받는 그들에게 가면 나 반기문은 그들의 희망이 됩니다."

총장님의 말씀 구구절절이 가슴에 박혔다. 이념을 뛰어넘고 국가를 뛰어넘어 경계를 허물라는 당부, 세계는 하나다. 피부색도, 이념도, 언어도 사는 지역을 뛰어넘어 인류애로 하나가 되라는 말씀. 그래야 세계에 평화가 온다고…….

세계인의 희망이 되는 사람, 대한민국의 희망이 되는 이름, 반기문 유엔 사무총장님과 우리 종친들은 한 사람씩 기념 촬영을 했다.

뉴욕은 세계의 심장이다. 바로 유엔 사무총장이 계시기 때문이다. 그분과 함께 한 뉴욕의 3시간은 인류의 희망을 본 내 생애에서 가장 향기로운 시간이었다. 세계의 대통령을 배출한 대한민국의 국민 됨에 절로 어깨에 힘이 들어가는 감동의 시간이었다. 그리고 신사임당이 왜 아름다운 인물인가 생각해 보라는 말씀은 글을 쓰는 나에게 평생 풀어야 할 과제 하나를 받아 온 느낌이다.

거기 사람이 있었네

세계의 끝, 혹야, 영하 20도에서 40도의 혹한, 국토의 3분의 2가 얼음으로 덮여 있는 나라, '그곳에도 사람이 살고 있었다.' 텔레비전 화면의 자막을 보는 순간 가슴에 싸한 통증이 일었다. 6만년 된 얼음이 있는 그린란드 이야기다. 악천후에 자연과 공존하며 생명을 지켜가는 이들의 삶이 한순간 내게 시공을 뛰어넘어 다가섰다. 나는 왜 사람에 몰입하는가.

영화 〈국제시장〉이 개봉되어 주가를 올리던 무렵 신문에서 아주 작은 기사를 보았다. "빅토리호, 이 배는 흥남 철수 작전 마지막에 남은 상선으로 1만 4천 명의 피난민을 구하기 위해 산적하고 있던 무기를 모두 배에서 내리고 철수에 성공하였다. 가장 많은 인명을 구조한 기적의 배로 기네스북에 올랐다. 7600톤급 그 배의 선장 이름은 레너드 라루. 당시 35세. 그는 처음으로 선장직에 올랐다." 기사는 여기서 끝났지만 관심은 고조되어 자료를 찾기 시작했다. 어떻게 35세밖에 안 된 초보 선장이 상관의 하명을 받을 생각도 않고 위기촉발의 후퇴 전장에서 자기 마음대로 우리나라 피난민들을 구조했는지…….

당시의 기록으로는 홍남부두는 살려 달라고 아우성치는 피난민들로 아비규환이었다. 선장은 그들을 보자 "눈에 보이는 사람은 한 사람도 빠짐없이 모두 배에 태우라."고 명령했다. 그리고 기뢰가 깔린 바다를 이틀 밤낮을 항해하여 거제도에 피난민들을 무사히 내려놓고 그는 주저앉아 버리고 말았다. 그 일이 있고 선장은 몸이 많이 아파서 고향으로 돌아가서 병원에 입원하여 치료를 받는다.

그로부터 수십 년 그의 행방은 묘연했다. 미국 정부에서 훗날 훈장을 주려고 전국을 수소문할 때까지는. 그는 미국의 한 수도원에서 수사로 살고 있었다. 그가 얼마나 조용했는지 수도원에서도 그의 행적을 아무도 알지 못했다. 다른 수사들과 같이 기도하고 자신의 공방에서 노동하고 산책하며 일생을 보낸 아주 작은 사람, 아니 그 존재가 너무 커서 가늠이 안 되는 사람이 나를 온통 삼켜 버렸다. 그의 가슴 안으로 들어가 본다.

혹한의 홍남부두 10km 안 되는 곳에서 중공군이 포격을 하며 다가오고 있다. 빅토리호는 퇴각하는 미국 해군에게 연료를 공급했으니 한시바삐 돌아가면 되는 상태다. 자칫하다가는 자신과 승무원들의 생명이 위험한 상황인데 선장은 그럴 수가 없다. 왜? 거기 사람이 있었기 때문이다. 그의 가슴 가득 채워진 것은 사람, 사람 그뿐이다. 사람으로 가득 찬 선장의 마음. 그는 47년 간 수사로 살다가 선종하였다. 마리너스 레너드 라루 수사의 선량한 미소 속에 내 가슴 속에서 또 하나의 사건이 침몰한다.

2014년 한 해를 온 국민이 집단적 슬픔에 빠져 무기력하게 허우적인 세월호 침몰 사건이다. 4월 16일 오전 8시 48분경 대한민국 전라남도 진도군 조도면 부근 해상에서 청해진 해운 소속의 인천 발 제주행 여객선 세월호가 침몰되었다. 이 사고로 탑승 인원 476명 중 295명이 사망하고 172명이 구조되었으며 9명이 실종되었다. 세월호에는 제주도로 수학여행을 가던 단원고 학생 325명과 교사 14명도 함께 타고 있었다. 기사로는 간단하지만 그 끔찍한 사고는 우리 국민들을 분노케 했고 많은 부모들을 실신케 했다. 최초 신고자인 학생이 "살려주세요." 외쳤지만 죽어가는 승객들을 선박에 두고 선장과 선박직 승무원들은 자기들만 살려고 탈출해 버렸다. 푸른 목숨들이 수장되는 현장에서 그들 눈에 사람은 없었다.

거기 사람이 있어서 14,000명을 태운 선장, 사람은 보이지 않고 자기 목숨만 챙긴 선장의 차이는 하늘과 땅이다. 나는 세월호의 슬픔을 산을 오르며 달랬다. 인간에게 실망한 이들은 자연에 기대어 산다. 자연은 말 없어도 제 할 일을 하며 세상 만물을 이롭게 보듬는다. 그러나 자연이 아무리 위대하다 한들 어찌 사람만 하랴.

젊어서는 정원에 도도하게 핀 꽃들에 시선이 갔다. 그 꽃들은 대부분 독특하고 아름다워서 누구나 총애를 한다. 선택받은 특권이 부러워서였을 것이다. 그러나 지금은 노지에 어울려 피는 꽃들 앞에 발길이 멈춘다. 가꾸지도 않고 함부로 밟히면서도 끈질기게 생존하는 모습이 애잔해서다.

그러나 아무리 들꽃이 아름다워도 옹알이하는 아가만 하겠는가. 나무가 아무리 수려하다 해도 덕망 높은 노인의 인품에 비하겠는가. 그러고 보면 나는 사람에 취해 살아온 것은 아닌지. 사람으로 해서 받는 상처보다 사람으로 해서 교류되는 사랑이 훨씬 크므로, 어느 시인의 말대로 사람만이 희망이기 때문이다.

강원도 시골길을 버스를 타고 갈 때였다. 지붕 낮은 집들이 옹기종기 모여 사는 산골 마을에서 저녁 연기가 피어오르고 있었다. 마당에는 늘어진 빨랫줄에 작업복 두어 벌 널려 있고 텃밭에 푸른 것이 자라는 것을 보고 가슴엔 또 파문이 일었다. 다른 이유는 없다. 거기 사람이 살고 있어서다. 흑야의 사람들이건 아프리카의 미개인들이건 사람은 내게 또 하나의 신 같은 존재로 다가온다. 때로는 보이지 않는 신보다 더 확실한 실체로서다. 그들에게 가슴이 있어서다. 아픔을 느낄 수 있고 그 아픔을 달래 줄 수 있고 서로 체온을 나누며 목숨에 충실한 사람들이 좋아서다. 치유불능의 지병이다. 내게 사람은.

6
같은 온도

봉인封印

편지를 써서 봉투에 넣고 풀로 붙여 버리면 수신인 말고는 아무도 열어 볼 수 없다. 그렇게 밀봉된 곳에서 사는 사람들을 안다. 천주교 수도회 가운데 가르멜 수녀원이 바로 그런 곳이다. 이분들은 수녀원 정문으로 들어가서 한 번도 밖으로 나오지 않은 채 죽어서 쪽문으로 나가 수도원 뒤뜰 묘지에 묻힌다. 봉쇄 수도원이라고 불리는 그곳에 자기 발로 걸어 들어가 갇힌 사람들, 무엇 때문일까. 한 달에 한 번 가르멜 재속회원으로 그곳에 갈 때면 세 겹의 창살 너머 그분들의 삶이 궁금했다.

어느 신부님은 감옥에 살더라도 감사하는 마음을 가지면 그곳이 수도원이고, 수도원에 살면서도 매일 불만을 가지면 그곳이 감옥이라고 했다. 그러면 그곳 수녀님들은 그곳이 감옥일까, 수도원일까. 수녀님들 얘기를 들어볼 수 없으니 알 길은 없다.

한번 띄운 편지가 수취인에게 당도하기 전 저절로 풀려 비밀을 알게 된 한 수녀의 이야기는 가히 충격적이다. 공지영의 수도원 일기를 읽으면서 나는 전율했다. 1944년의 일이라고 한다. 이십대 중반의 아름다운 미국인 여성이 수도복으로 몸을 감싸고 로마의 한 수녀원으로 들어온다. 그는 장상 수녀에게 허락을 받고 그로부터 44년 동안 수녀원 이층 두 평 반 정도의 방에서 스스로 방문을 잠그고 봉인된 삶을 산다. 자그마치 44년. 그가 운명하기 30분 전 문이 열린다.

그의 이름은 나자레나 수녀. 미국 워싱턴에서 활약하던 젊고 유망했던 오페라 가수였다. 사교계의 아름다운 꽃으로 파티를 좋아하고 친구가 많던 그녀는 어느 날 생소한 음성을 듣는다. "사막으로 가서 나와 함께 있자." 묵살했다. 더 달콤하고 더 화려하고 흥미진진한 세상이 있는데 사막으로 가자니……, 안 될 말이었다. 그러나 그 목소리가 다시 들렸다. 가톨릭 신자였지만 열성적이지 않았던 그녀는 두 번째 음성을 듣고는 "예." 하고 그곳을 떠났다. 그리고 로마로 가서 수녀원 문을 두드린 것이다. 그녀는 물리적인 사막이 아니라 영적인 사막이라는 것을 알았다.

그녀가 스스로 봉인된 삶을 살며 기도한 것은 단 두 가지였다. 바티칸을 비롯한 교회의 정화와 쇄신, 그리고 한국의 평화……. 어떻게 바다 건너 한 여인이 지구 반대편 아시아의 작은 나라 한국을 알았는지. 나자레나 수녀님은 로마에 오셔서 수도원을 알아 보던 중에 한국 수녀를 만났고, 한국 상황이 어렵다는 호소에 마음이 아파 평생 동안 한국을 위해 기도하겠다는 약속을 했다고 한다.

두 평 반이라는 공간도 우리 상식으로는 상상을 초월한다. 더구나 수녀가 배에 둘렀던 가시 복대와 편태, 식사도 아주 조금, 잠도 거의 자지 않고 도대체 수녀님은 거기서 무엇을 했을까. 종아리가 푸른빛이 되도록 오랜 시간 꿇어 앉아 기도한 사람, 나 같은 사람은 상상도 불가능한 일이다. 자비하신 하느님은 왜 그 수녀에게 사막으로 가서 나와 함께 있자고 꼬드기셨는지……. 하느님도 알 길 없고 수녀님도 알 길 없다. 신앙은 신비라고 하지만 이쯤 되면 나는 혼돈이다.

교회에서는 그것을 성소라 한다. 달리 말하면 거룩한 부르심이다. 아무나 부르시는 것이 아니라 당신 눈에 드는 사람만 골라서 부르시는데 그 목소리를 듣고 나자레나 수녀님처럼 달려가는 사람이 있는가 하면 듣고도 못 들은 척 사는 사람도 있다. 부르심에 응답한 사람들에게는 특별한 기쁨을 주신다고 한다. 즉 영적 합일이다. 영적 충만이라고도 하는데 세상 어느 것에도 비교할 수 없는 그런 충만, 수도자들이 동정을 지키며 평생을 사는 것은 바로 그 합일의 기쁨 때문이라 한다. 그만한 영적 상승을 위해서는 자아는 작아지고 주님은 커지셔야 한다. 작아지고 작아져서 소금 인형이 바닷물에 녹아 버리 듯 그분 안에 녹아 없어져야 하는데 나는 평생 풋것으로 살았으니 어찌하는가.

나는 아직도 혼돈 상태다. 그럴 리는 절대로 없지만 크신 분이 나보고 사막으로 가서 나와 함께 있자고 하신다면 나는 분명 부들부들 떨면서 "아닙니다, 주님. 저는 절대 그럴 만한 인물이 아니오니 제발 분부를 거두어 주소서." 하고 애원할 것이다.

그러나 사람 한 생애가 끝나고 일생이 찍힌 비디오테이프가 봉인된 채 하느님 앞에 당도했을 때, 나는 개봉박두 영화를 보듯 그 테이프를 바라볼 수 있을지 의문이다. 하오니 주님, 제겔랑은 아무 청도 하지 마시고 이대로 내버려 두어 주세요. 개똥밭에 굴러도 이승이 좋다 하는데 조금만 더 살다가 주님 문전에 서거들랑 봉인을 푸시고 제가 올려 보낸 숱한 사연을 읽어 주소서.

방아다리에 부는 바람

음성 장날 고추 모 세 판을 사다 심었다. 오이고추, 청양고추, 일반 고추다. 모종을 파는 상인의 생존율 100%라는 부연 설명까지 들어서 그런지 땅내도 못 맡은 모종들이 싱싱하기가 청춘이다. 모종을 심고 나면 한 보름 동안은 빈약한 떡잎까지 시들배들한다. 겨우 어른 손 길이만 한 어린 것들이 적어도 보름 정도는 죽느냐 사느냐 사투를 벌일 것이다. 그 기간이 지나면 땅내를 맡은 뿌리들이 몸살을 끝내고 착지를 한다. 대궁이 탄탄해지고 잎들은 제법 작은 바람에도 너울거린다.

이때쯤이면 주지에서 영어 알파벳 Y자 모양의 가지가 나온다. 농군들은 여기를 방아다리라고 부른다. 그러니까 우리가 옛날에 쓰던 디딜방아를 틀어 놓은 모양이다. 아직 어린 대궁인데 어쩌려고 가지부터 버는지 속내는 모르나 저도 꿍꿍이속이 있을 터이니 지켜볼 따름이다. 하루가 다르게 잎이 푸르러 가고 제일 위순에서는 벌레알 같은 꽃망울이 박힌다.

사과 농사만 30여 년 지은 탓에 고추 몇 포기 심어 놓고 이웃 밭에 사람만 보이면 묻는 게 일이다. 지주목은 언제 세우냐, 비료는 언제 주고 소독도 해야 하느냐, 귀동냥으로 키우는 고추 모는 주인 허물은 탓하지 않고 무럭무럭 자란다. 그런데 문제는 여기부터다. 생명의 본질일지 모르나 아직 다 크지도 않은 고춧대, 방아다리에 중뿔나게 곁가지가 붙는 것이다. 이 곁가지를 방아다리 순이라 하는데 모조리 따 주어야 하는 것이다. 눈치도 없이 커버려 원가지 성장을 억제하기 때문이다.

고추 농사 첫해에는 이 곁가지를 쳐 주지 않아서 고추나무가 키는 크지 않고 상체만 무성했다. 덕분에 고추 수확은 어설펐다. 다음해에는 맘먹고 쳐 준다는 게 고추 묘목 턱까지 쳐 버려서 이웃들의 실소를 샀다. 너무 안 쳐도 너무 많이 쳐도 고추 나무에게는 해가 되는 것이다.

올해는 그동안의 실수를 교훈삼아 제대로 농사를 지어 볼 요량이다. 농사래야 김장 고추가 될 리 없고 오며 가며 반찬으로 따다 먹는 게 고작이나 심는 것만으로는 안 되는 게 농사니 정성껏 길러 볼 것이다.

그동안 예총에서 하는 품바 축제가 있어 보름쯤 농장에 오지 못했다. 읍내에서 보름은 여일한데 농장의 보름은 무게가 다르다. 아니 성취가 다르다. 방아다리에 첫 열매가 주렁주렁 달린 것이다. 연둣빛 고추가 땅을 내려다보고 다소곳이 달려 있거나 어떤 것은 성난 것처럼 빳빳이 고개를 쳐들고 있는 것이다. 벌써 약이 올라서 짙푸른 고추도 있고 저마다 한 개씩 자랑스럽게 들고 서서 고추 나무는 흠흠 노래를 부르는 것 같다.

마침 그날 읍내서 손님이 왔다. 농장에 무엇을 심었나 궁금해서 왔다는 후배는 화초처럼 기르는 우리집 고추밭을 기웃거리다 느닷없이 너털웃음을 날린다. "선배님, 이 고추는 두고 보는 고추가 아닙네다. 요렇게 뚝 따서 먹으라는 것입지요." 하면서 방아다리 고추를 따기 시작했다. 그냥 두면 탈이 난다고 아리송한 이야기를 하며 공연히 혼자서 비실비실 웃었다. 그리고는 올해는 음성 미스터 고추 심사하러 안 가시냐고?

후배가 떠나고 어떤 기억이 스쳐갔다. 그러니까 내가 낙향한 몇 년 후 이곳 축제에서 예총회장이라고 '고추 심사'를 의뢰해 온 일이 있었다. 음성이 고추의 고장이니, 고추 심사라면 고추 농가에서 나온 고추의 우열을 심사하는 것인 줄 알았다. 그런 일이라면 농촌지도소 소장이나 진짜 농사꾼이 제격이지 고추의 고자도 안 잡아 본 생무지에게 얼토당토않은 주문 아닌가. 당연히 고사했다.

그런데 다음해에 또 심사 의뢰가 들어왔다. 이번에는 구체적으로 공문까지 보냈다. 고추 심사가 아니라 음성 미스터 고추 심사라는 것이다. 내심 내키지가 않았다. 왜냐하면 미스코리아 선발 대회 때 보니 수영복 차림의 아가씨들이 무대를 빙빙 돌며 몸매를 자랑하는 것이 여간 민망한 게 아니었다. 텔레비전 화면으로 보는데도 그런데 하물며 무대 코앞에서 여체가 아닌 반라의 남체를 육안으로 보고 심사를 한다는 게 자신이 없었다. 발레리나의 타이스 위로 두드러지는 몸매에도 눈길을 돌리는 판인데…… 한편 절호의 기회를 놓치는 것이 아닌가 하는 호기심도 작용했건만.

며칠을 고민하다가 예총 사무실에 출근하여, 여직원을 통해 주최측에 고사의 뜻을 밝혔다. 그쪽에서는 별로 어려운 것이 아니니 부디 나와서 그냥 앉아만 있으라는 요청이다. 그런데 전화를 하던 우리 여직원이 나를 향해 말했다. "회장님, 음성 미스터 고추는요, 개량 한복 입혀 심사하는 거예요." 아뿔싸. 여직원 목소리가 컸던지 주최측 총무의 너털웃음 소리가 수화기 너머로 들렸다. "안심하고 오시라 해요."라는 말과 함께.

그 사건이 소문이 된 것이다. 숙맥이 따로 없다. 후배는 숙맥 선배네 고추밭에 와서 방아다리 고추는 고추들이 먹어야 한다면서 따가고. 그런데 진짜 농사꾼은 이 방아다리 고추는 달리는 족족 따 버린다고 한다. 이놈이 한가운데 달려서 크기 시작하면 다른 고추들의 생장에 막대한 지장을 준다고, 후배가 따가고 남은 고추를 따면서 바람 같은 최 시인의 말이 생각났다. 음성이 고추 명산지가 된 것은 이곳 땅이 양기보다 음기가 세어서 그렇대나.

어쨌거나 음성 '햇사레 고추'는 명품이다. 세계 여러 나라로 수출하고 한번 먹어본 사람들은 대놓고 찾다 보니 가을이면 고추 사러 오는 대절버스가 즐비하게 늘어선다. 고추는 매워야 진가가 있다. 맵고 달고 오죽하면 뉴욕에 사는 후배는 작아도 매운 조선 고추가 그립다고 하지 않던가.

방아다리 고추를 딸 때쯤이면 봄의 바통을 이어받은 여름이 승승장

구 기승을 시작할 때다. 바람 빛깔이 푸르다. 모든 생명은 바람을 먹으면서 생장한다. 더위를 머금은 바람은 가끔은 빗줄기도 품고 달려올 것이다.

눈물로 씨 뿌리던 졸업식

몇 해 전 무슨 상장을 주기 위해 이곳 중학교의 졸업식에 참석했다. 덩치 좋고 키 큰 학생들은 그 1시간이 지루해서 산만했다. 스마트폰을 보고 있는 학생들, 옆사람과 시시덕거리는 얼굴들, 저들에게 오늘은 하나의 과정에 불과할 뿐 별다른 감회가 없는 듯했다. 그들 머리 위로 오래 전에 가르친 제자들의 졸업식이 파노라마처럼 흘러갔다.

그날의 졸업식, 아직도 잊혀지지 않는 눈물바다를 노 저어 간다. 우리 반 78명은 비진학반 학생이었다. 영양 결핍으로 얼굴이 노랗고 왜소한 체구의 아이들, 이들에게 이 시간은 일생에 다시 없을 귀한 자리다. 졸업식 내내 조용하던 학생들이 졸업식 노래가 이어지면서 숨죽인 흐느낌은 졸업식장을 눈물바다로 만들었다.

1970년대 초쯤 우리나라 교육을 담당하는 문교부에서는 초등학교 6학년에 비진학반이라는 제도를 도입했다. 진학하는 학생들에게 집중적인 교육을 시키려는 의도와 어차피 진학하지 못할 학생들에게는 거기에 맞는 프로그램을 운영하자는 목적이었다. 그러나 실무를 담당하고 있는 일선 학교에서는 문제점들이 속속 드러났다.

우리 여자 반은 결코 공부를 못하거나 학습 태도에 문제가 있는 학생들이 아니다. 시골이어서 대부분 농가의 자녀들이다. 한 가구에 자녀를 네다섯을 두어 먹이고 입히는 문제도 어려운 형편이었다. 거기에 남아 선호사상에 젖은 학부모들은 딸들에게는 교육의 기회마저 균등하지 않았다. 오빠들 공부시키고 남동생 진학시키느라 어쩔 수 없이 희생양이 된 이들에게 학교에서 마저 차등을 두었다.

진학반 학생들이 해야 하는 청소 구역을 맡기는가 하면 실습지 잡초 제거나 노력 동원은 이들 몫이었다. 그것보다 더 큰 문제는 감수성이 예민한 소녀들의 좌절감이었다. 진학하지 못하는 아픔도 큰데 진학과 비진학으로 차별 대우하는 학교 당국에 얼마나 실망했겠는가.

그들의 눈물에는 그들만의 아픔과 설움이 녹아 있었다. 가난과 불평등을 감수하며 강자와 약자로 나뉘는 세상을 경험해야 하는 이들은 아직 여리고 순결한 동심에 얼마나 큰 상처를 입었을지……. 내가 염려하고 크게 마음 쓴 것은 그 아이들의 움츠러드는 자존감이었다. 그것으로 인해 세상을 향한 반감이 생기고 그것이 열등감이 되어 앞으로의 인생에 그림자가 될 것을 염려했다. 이들에게 필요한 것은 조건에 관계 없이 자신이 소중한 존재라는 자존감을 세워 주는 것이었다.

학과 공부 대신 스케치북을 메고 산으로 들로 그림을 그리러 갔고 시냇물 흐르는 곳에서는 시인이 되어 시를 짓게 했다. 미장원에도 가 보고 양장점에도 가 보고 다방에도 가 보고 시간을 쪼개서 가곡을 가르쳤다. 이를테면 체험학습으로 사회 적응 학습이기도 했다.

그럼에도 혈기왕성했던 교사는 자주 교장실로 뛰어들어 비진학반 교육 과정의 모순성을 지적하고 항의했다. 마치 그들이 내 피붙이라도 되는 양 작은 가슴에 끌어안고 전전긍긍했다. 이런 마음이 그들 마음에 반향을 일으켰는지 아이들은 밝고 지순했다. 진학반 학생들의 화장실 청소를 하면서도 실습지에서 노력 봉사를 하면서도 웃고 노래하며 즐겁게 했다.

그러나 그나마 학창 생활도 이것이 마지막이라는 아쉬움이 목놓아 울게 만들었을 것이다. 아니면 앞으로 전개될 미지의 삶에 대해 자포자기의 눈물일 수도 있을 것이다. 그날 졸업식이 끝나고 교실에서 졸업장을 주면서 애써 참았던 눈물이 앞을 가려 도무지 말을 할 수가 없었다.

"여러분! 오늘이 여러분에게는 졸업이 아니고 출발점입니다. 길은 여러 갈래입니다. 어떤 길을 가든지 열심히 가세요. 한 번밖에 없는 인생을 못다 한 공부에 대한 아쉬움으로 낭비하지 마세요. 마음만 있으면 공부는 평생 할 수 있습니다. 직장을 잡거나 농사를 짓거나 꿈을 세워 한 발짝씩 정진하세요. 그리고 20년 후 이 자리에서 우리 당당한 모습으로 다시 만나요."

그리고 20년 후 우리는 정말로 다시 만났다. 제사 공장에 들어가서 열심히 일해서 지금은 빌딩 주인이 된 사람, 주경야독으로 검정고시를 거쳐 대학을 졸업하고 시인이 된 사람, 인삼 농사에 인생을 걸어 거부가 된 사람, 서울 명동에서 큰 양장점 주인으로 성공한 사람……. 눈물로 씨 뿌린 졸업식장에서 지금은 기쁨으로 거둔 곡식을 안고 모여들었다. 그러나 내가 진정 감사했던 것은 그들이 세상을 원망하지 않고 소박한 삶일지라도 긍정적인 사람으로 저마다 자기 자리에서 기쁘게 사는 모습이었다. 학력이 우선시되는 사회보다 그 사람이 가지고 있는 능력으로 평가되는 세상을 그려 본다.

수인囚人과 밥

뻐꾸기 소리를 벗 삼아 아카시아 꽃을 딴다. 밭둑에 있는 아카시아 나무가 가지가 휠 정도로 꽃을 피웠다. 올해는 이 꽃으로 발효액을 만들리라 작정을 하고 대나무 갈퀴도 손에 들었다.

지금 앞논에서는 이앙기로 모를 심고 있다. 써레질이 끝난 논에 모판을 실은 이앙기가 들어서면 가장자리부터 차례로 모가 심겨진다. 아직 어린 모가 세 포기씩 논바닥에 꽂히며 사열하듯 대열이 형성되고 은은한 연둣빛 물감이 물이랑 따라 번진다.

그 수채화 위로 20년 전 모심던 날이 겹쳐진다. 우리가 모를 심는 날에는 동네 잔치가 벌어졌다. 일꾼 열 명에 따라붙는 조무래기, 집 보는 노인들까지 개울둑으로 모여든다. 그러면 일꾼 댁하고 이웃사촌까지 동원해서 밥이랑 국이랑 반찬을 머리에 인 아낙들이 개선장군처럼 둑 복판에 짐을 부린다. 잔치가 따로 없다. 무쇠 솥에 뜸을 들여 금방 퍼 온 밥을 양재기마다 고봉으로 담아 주면 일꾼들은 물론 따라온 식솔들까지 입이 귀에 걸린다. 볼이 미어질세라 먹는 쌀밥 한 그릇은 그들에게 더없는 성찬이고 행복이었다.

나는 지금 그 밥 광주리를 떠올리며 대소쿠리에 이밥 같은 아카시아 꽃을 따 담는다. 50년 전 이 나라에서는 농사짓는 농촌에서조차 쌀밥은 선망의 대상이었다. 우선 벼 품종이 시원치 않아 소출이 적었고 농기계의 발달도 비료의 품질도 열악했다. 죽도록 고생을 하며 농사를 지어도 제 식구 일 년 식량이 모자랐다. 하여 보리나 밀을 심어 보탰던 것으로 안다. 그런 연유로 지금 7,80대 사람들은 밥에 대한 향수가 남다르다. 그 향수의 잔영인 양 아직도 정情으로 산다.

우리 국민은 주식이 밥을 위주로 형성돼 왔기에 밥 문화를 소외시킬 수 없다. 하지만 지금은 인스턴트 밥이 나와서 전자레인지에 데우기만 하면 금방 지은 밥을 먹을 수 있다. 또 젊은이들은 아예 밥을 먹지 않고 빵이나 다른 식품으로 밥을 대신하고 있어 쌀 소비량이 줄고 있는 현실이다.

그럼에도 쌀밥인 양 아카시아 꽃을 따는 내 속은 남다르다. 배가 고파서도 아니고 심심해서도 아니다. 밥은 밥이되 '따끈따끈'이라는 부사가 붙으면 다른 정서로 다가온다. 어머니가 떠오르고 정성이 뒤따르고 기다림이라는 사랑도 연상된다. 요즘 아이들에게 정서 불안증이 많은 것은 바로 이 따끈따끈한 밥을 먹고 자라지 못해서 그런 것이라는 이야기를 들었다. 밥도 사랑도 따끈따끈한 것을 먹고 성장해야 할 나이에 일 때문에 자리를 비워야 하는 어머니가 많기 때문이다.

나이가 들면서 밥이 좋다. 아니 밥 먹는 시간이 감사하고 즐겁다.

아무리 케이크니 선식이니 양질의 식사 대용품이 나온다 해도 구수한 밥을 두레상에 둘러앉아 먹는 맛에 비기랴.

내가 아는 한 수녀님은 교도소 수인들을 돌보는 특수 사목을 한다. 그 수녀님이 들려 준 이야기는 밥을 생각하는 각도를 바꿔 놓았다. 수인들은 세상에서 죄를 지어 감금 상태로 사는 사람들이다. 죄질에 따라 형량이 주어지고 일정 기간이 지나면 세상으로 복귀한다.

어느 날 밤 수녀님에게 전화가 걸려 왔다. 교도소에서 형량을 마치고 출감하는 수인이었다. 어떤 이유에서인지 모르나 출감 시간이 낮이 아니고 밤일 때는 젊은 수녀로서 난감했다. 갈 곳도 마땅찮은 사람을 등 떼밀어 낯선 거리로 보낼 수도 없고, 그렇다고 수녀원에서 재울 수도 없다. 나가자마자 재수감되는 사례를 보면 석방되어 24시간 내에 재범하는 경우가 많다고 한다. 그만큼 그 시간은 이들에게 막막하고 두려운 시간일 것이다. 이삼 년 돌보아 오던 수인을 밀쳐 내기에는 마음이 허락지 않았다.

수녀님은 달려 나가 그를 맞이했다. 수녀원으로 데리고 와서 식탁 의자에 앉혔다. 그리고 그가 보는 앞에서 정성껏 쌀을 씻어 밥을 짓기 시작했다. 투가리에 된장찌개를 끓이고 정갈하게 차려진 식탁에다 금방 지은 밥 한 그릇을 퍼서 앞에 놓았다. 그 순간 수인의 눈에 눈물이 그득히 고였다. 눈물을 삼키며 밥을 떠 넣었다. 그렇게 해서 떠난 보낸 수인들은 거의 재수감되는 일없이 사회에 적응하며 살아간다고 했다. 어떤 때는 창업에 성공해서 조그만 선물을 가지고 찾아오기도 한다는 것이다.

따뜻한 밥은 사랑이다. 누군가를 위하여 기다리고 염려하며 마음으로 짓는 음식이다. 어쩌면 수녀님은 밥을 짓는 행위가 기도였고 스스로 밥이 되는 현장이었을지도 모른다. 밥을 지을 때는 쌀과 물과 열이 합해져야 밥이 된다. 적당한 양과 적당한 시간과 불 조절이 어울려야 하고 끓고 나서도 뜸을 들이는 시간이 필요하다. 자기만을 위하여 정성껏 지어낸 밥을 앞에 했을 때 수인의 마음이 어떠했을까.

나도 우리 어머니의 밥을 먹고 자랐다. 살을 에는 추위에 난방도 되지 않는 기차로 통학을 하면서 어머니가 풍로에 불을 피워 지어 주신 그 따끈따끈한 새벽밥으로 영육 간 충분히 보온이 되었고 심리적 충만감을 느꼈다. 지금 내게 남을 생각하는 여분의 마음자리가 있다면 바로 그때 어머니의 밥 때문이 아니었을까 싶다. 그런 어머니에게 희생이라는 말은 쓰는 것이 아니었다.

뻐꾸기가 맑은 노래를 부른다. 따뜻함이 사라지는 세상에 밥 타령이나 하고 있는 나는 분명 구세대 사람이다. 언젠가 피정 지도 신부님은 세상에서 제일 부러운 것이 따끈따끈한 밥을 먹는 것이라 했다. 타향살이처럼 사는 사제들에게 그 밥 한 그릇은 무시할 수 없는 향수이고 메워지지 않는 결핍의 정서가 아닐까 싶다.

나는 밥이 좋다. 사랑하는 사람들을 불러 놓고 따끈따끈한 밥을 푸는 한국의 어머니가 좋다. 스스로 밥이 되는 사람들이 좋다. 날마다 제대 위에서 밥이 되어 오시는 그분이 좋다.

석탄과 연탄

오늘 아침 신문에서 백 세가 된 스승을 위하여 제자들이 음악회를 연다는 불빛 같은 기사를 보았다. 밖에는 찬바람이 잎 진 나뭇가지를 사정없이 흔드는데 마음은 연탄난로 옆에 앉은 것 마냥 훈훈하다.

내게도 스승이신 글 아버지가 계셨다. 자칫했으면 깊은 땅속에서 석탄으로 마칠 존재를 찾아내어 연탄이 되게 해주신 분이다. 생존해 계실 때는 단 한 번도 글 아버지라고 불러 본 적이 없는 그분이 타계하시자 한동안 머릿속이 진공상태로 살았다.

내가 서정범 교수님을 만난 것은 한국일보 신춘문예에 응모한 인연 때문이다. 낙방의 전화를 받고 찾아간 경희대학교 교수실 206호, 그 문은 새로운 세상으로 가는 관문이었다. 첫 대면인 글 아버지는 큰 품으로 나를 안고 등을 토닥였다. 너는 할 수 있다고, 너는 누구보다도 좋은 글을 쓰는 작가가 된다고……. 그 말씀이 주문이 되어 30년을 이끌어 왔다. 교수님께 직접적으로 글 공부를 사사한 일은 없다. 멀리서 간접적인 격려와 기쁨을 함께해 주셨을 뿐이나 교수님을 생각하기만 해도 힘이 나고 용기가 생겼다.

지금도 고마워하는 것은 당신이 아끼는 제자라 하여 발목에 끈을 달아 멀리 날아가지 못하게 매어 두지 않았다는 것이다. 진정한 스승은 자신이 발굴한 석탄이 무한 가능성을 지니며 인류에 이바지하는 제품으로 발전되기를 염원하는 존재다.

지난 7월 15일 농장에서 일하다가 막내아들의 전화를 받았다. 엄마의 글 아버지가 타계하셨다는 기사가 인터넷에 떴으니 확인하라는 것이다. 평상시 엄마가 교수님을 생각하는 각별한 마음을 알고 있던 아들이 알려 준 소식은 나를 밭고랑에 주저앉게 하였다. 남편을 재촉해 밤길을 달렸다. 밤 깊어 경희의료원 영안실에서 영정으로 뵌 글 아버지의 넋은 웃고 있었다. "너 왔냐? 이 야심한 시간에 어쩌려고 와?" 분명 그렇게 말하고 계시는 것 같았다. 바로 아버지 마음이다.

지금 스승님은 안 계시다. 불가에서는 옷깃만 스치는 인연도 오백 생의 인연이 깔려야 그렇게 되고 구천 생을 한 가족으로 지낸 인연이 있어야 이생의 가족이 되고 만생의 인연이 있어야 스승과 제자가 된다고 한다. 이웃이나 가족보다 더 많은 만남을 거쳐 이룬 스승과 제자라는 인연을 다시금 생각해 본다.

나를 글 엄마라고 부르는 사람들이 있다. 이들은 평범한 가장으로 어머니로 살던 사람들이다. 다만 가슴에 남다른 불씨가 있어 어렵게 창작 교실 문을 두드렸다. 이들과 보낸 지난 15년은 광부의 마음이었고 구공탄을 제조하는 공원의 마음이었다. 글을 배우고 가르치며 원석도 중요하지만 필요한 만큼 가공도 어렵다는 것을 느낀다.

가끔 글 공부를 하는 도정을 석탄이 연탄으로 되는 과정과 흡사하다는 생각을 할 때가 있다. 땅속에 박힌 석탄을 광부가 갱도에 들어가서 캔다. 이 석탄은 공장으로 운반되어 가루로 부서지고 다른 접착성 물질과 혼합되고 압축되는 공정을 요구한다. 글도 마찬가지다. 누군가가 찾아 내고 또는 본인의 의사로 글 스승을 찾아가서 창작 수업을 받으며 원석의 자아의식이 부서져 겸손해지고 다른 사람과 융합하며 개성을 획득한다. 그리하여 한 장의 단단한 구공탄이 되어 글 스승으로부터 이어온 온기를 세상을 향해 나누는 것. 그래서 가족보다 이웃보다 더 많은 만 생의 만남을 거쳐 오늘에 이른다고 했나 보다.

학교에서 또는 사회에서 만나는 스승이 한 사람의 인격을 완성시켜주는 지렛대가 될 수 있고 일생을 통하여 멘토가 될 수도 있다. 그 가운데서도 문학으로 인연 지어진 스승과 제자의 관계는 정신적인 유대가 남다른 것 같다.

특히 수필을 가르치면서 서로 마음 깊이 잠재되어 있는 의식을 공유하고 그들의 심정적 아픔과도 만나면서 치유의 보람도 느낀다. 이때 스승은 함께 아파하며 어버이 마음이 된다. 이런 과정을 거치면서 어머니와 태아가 불가분의 관계인 것처럼 정신적 불가분의 관계가 형성되는 것이 아닐까 싶다. 나를 글 엄마라고 부르는 이들이 배 아파 낳은 자식은 아니지만 마음으로 출산한 소중한 자식이라는 것을 부인하지 않는 것도 그 때문이다.

경향 각지에 글 스승과 글 제자가 무수히 많다. 사제지간으로 살면서 남다른 정신적 교감이 어우러지고 긴 세월 주고받는 마음의 무늬가 정갈할 때 그 관계는 오래가는 것 같다. 글 공부하는 과정을 회사에서 연수하는 기간으로 안다면 진정한 사제의 정은 쌓일 수가 없다. 특히 수필 문단에서는 글과 사람을 동일시하기에 스승과 제자의 경계가 분명하고 선후배의 위계 질서를 요구한다. 그것이 안 될 때는 좋은 글을 쓴다 해도 제대로 평가받기는 어렵다. 우리가 글을 쓰는 이유는 먼저 사람이 되고 사람답게 살기 위해서가 아닌가.

몇 년 전에 타계하신 임선희 선생의 글 제자들이 25년 동안 그 품을 떠나지 않고 섬긴 이야기는 스승을 찾아 철새처럼 떠도는 사람들에게 귀감이다. 또한 많은 수필지가 글 스승과 글 제자들이 마음을 모아 발간하고 있는 현실은 그만큼 우리 수필계가 정이 있고 의리가 있다는 증표다.

이제 소망이 있다면 한눈 팔지 않고 수필을 쓰는 우리 수필가들의 글이 제대로 평가받고 정신적으로 가난한 이들 가까이서 추위를 녹여주는 연탄불의 온기가 되었으면 한다. 불신과 배반이 난무하는 세상에 만생을 거쳐 만난 귀한 인연들이 세상을 정화시키는 불빛의 역할을 했으면 하는 소망이다.

노마와 차밍 걸

부부부…… 부부부부붕…… 말이 울었다. 들판에서 풀을 뜯다 새끼를 부르느라 '음메에' 하는 소울음은 들어봤지만 말이 우는 것은 처음 본다. 올라갈 수도 내려갈 수도 없는 가파른 외길, 가쁜 숨을 몰아쉬다 토해 내는 포효다. 오늘도 몇 차례 이 산길을 오르내리는 중일 것이다. 가지 않으면 채찍에 견뎌 내지 못하므로 울면서 산을 오른다. 등에는 평생의 업보인 무거운 생물을 싣고 숙명인 양 천형인 양 가고 있다.

여기는 필리핀 따가이따이 화산 전망대가 있는 마을이다. 안내인은 마부와 말들이 어우러져 냄새나고 불결한 장소에 일행을 세우고 군기라도 잡듯 말을 안배하는 마장의 말을 잘 들어야 한다고 못을 쳤다. 말에게도 성격이 있어 손님과 맞아야 하니 주는 대로 받으라는 주문이다. 그런데 마장은 젊고 예쁜 사람부터 뽑아서 튼튼한 말에 태웠다. 열 명 중 마지막 차례인 내게 온 말은 비쩍 마르고 왜소한 노객, 마부 역시 60세가 넘어 보이는 깡마른 필리피노 여자, 늙은 말, 늙은 마부, 늙은 객이 가는 길은 화산재 날리는 울퉁불퉁한 산길이다.

이름이 좋아 말 타기 트래킹이라 한다. 외길이라 오르고 내려오는 말들이 엉겨 복잡하기 그지없다. 노마는 앞서 가는 일행들의 말과 보조를 맞추지 못하고 뒤처져 간다. 기운이 부치는 모양이다. 말목사리를 들고 소리치는 마부의 목소리가 들려도 들은 척 만 척 제 속도로 간다. 뚜벅뚜벅이 아니라 비실비실 간다.

말을 처음 타 본 나는 오른손으로 말안장 뒤쪽에 솟아나온 손잡이를 움켜잡고 있으나 중심이 안 잡혀 불안정하다. 내 몸보다 체구가 작아선지 뒤쪽 손잡이가 꼬리뼈를 치받는다. 그러자니 자주 몸을 움직이고 움직일 때마다 비틀거린다. 그러나 불평할 게재가 아니다.

말안장에 올랐을 때 그 몰골이 안쓰러워 등을 쓸어 보았다. 말갈기가 듬성하고 등뼈는 앙상했다. 사람으로 치면 환갑 진갑 다 지나서 칠십 고령인 듯싶다. 은퇴를 했어도 오래전에 했을 말을 가혹하게 부리는가. 어쩌다가 노후 대책 없이 생활 전선에 뛰어든 노인들이 저렇지 싶다. 고맙고 미안하다. 가보는 거다. 손님이 퇴짜를 놓는 일이 잦으면 노마는 일선에서 물러나야 하고 마부는 일자리를 잃고 마주는 손해를 보기 때문에 그악스럽게 몰고 간다고 한다.

바람이 한 차례 불어 닥친다. 마스크를 했어도 색안경을 썼어도 눈이 뻑뻑하다. 더구나 내려오는 말들과 마주 서면 노마는 강자 앞에 약자처럼 한쪽으로 비켜간다. 어디 그뿐인가, 뒤쪽에서 거칠게 추월해 오면 큰길 내주고 비켜서며 어쩔 줄을 모른다. 꼭 생존 경쟁에서 밀려나는 사람 같다.

땅만 보고 가던 그가 고개를 쳐들고 흔들어 댄다. 부부부……. 이제는 죽어도 더 이상 못가겠다는 항변 같다. 순간 옆에서 채찍을 휘두르는 마부를 바라봤다. 마부는 이때다 싶었는지 자기도 같이 타고 간다는 시늉이다. 잠시 혼란이 왔다. 내가 말을 부리지 못해서 같이 타면 잘 갈 수 있다는 표정인데 그럼 노마는 어찌되는가. 한 사람 태우고도 숨이 턱에 닿는 형편이다. 나는 세차게 고개를 저으며 "NO"라고 외쳤다.

앞서간 일행들은 보이지 않고 뒤에서는 말발굽 소리가 요란한데 우리는 아직도 중간 지점이다. 길옆 바위 밑에서 김이 모락모락 피어올랐다. 따알 화산에는 분화구가 있어 지금도 활동 중이라고 한다. 이쯤 되니 우리는 어느덧 무언의 교감이 이루어졌는지 장딴지에 느껴지는 체온이 슬프다. 비록 까슬까슬하고 비슬비슬한 노마지만 그가 살아낸 역정이 마음에 짚이고 평생 노역에서 벗어나지 못하는 신세가 애처로워지는 것이다.

우리는 일행 중 꼴찌에 꼴찌를 더해서 드디어 목적지에 다다랐다. 그토록 고생하고 올라간 곳에는 1572년에 폭발하여 40회 이상 폭발한 화산으로 분화구에 참으로 아름다운 따알 호수가 있었다. 한 시간 여의 고역을 상쇄하고도 남을 환상적인 호수, 물 맑기가 명경 같다. 초록빛 하늘이 담긴 세계에서 가장 작은 화산. 이 화산 분화구를 보기 위해 세 노친들이 죽을 고생을 하며 올라왔다.

나는 마음으로 노마를 응원하고 싶었다.

'노마야, 힘들지? 고맙고 미안하다. 아시아의 작은 나라 한국에도 너 같은 말이 있단다. 그 이름은 매력적인 소녀라는 뜻의 차밍걸인데 한편에서는 똥말이라 부르고 꼴찌말이라고도 한다. 경주마는 출전하여 좋은 성적을 내야 이름을 얻는데 이 똥말은 100번을 출전하여 100번을 패하여 유명해진 말이다. 아니 패해서 유명한 것이 아니라 다른 말보다도 몸무게가 100kg 모자라면서도 큰 말들 틈에서 열심히 뛰는 모습이 아름다워서다. 그것은 어려운 여건에서도 성실하게 살아가는 소시민들의 삶을 보여 주는 것 같다 해서 사랑을 받는 말이란다. 그러니 힘내자, 노마야. 비록 꼴찌를 할지언정 우리는 현역이다.'

그것은 노마에게만 하는 말이 아니었다. 점점 기운 잃어가는 나에게도 하는 말이었다.

파장罷場의 얼굴

장돌뱅이도 아니면서 장날마다 장바닥을 어슬렁거린다. 꼭 사야 할 물건이 있거나 누군가 만나야 할 사람이 있는 것도 아니나, 해거름이면 등 떼밀리듯 장으로 나서는 이 버릇은 새로 받은 선물이다.

아침나절 장 구경을 다녔다. 소소한 살림에 닷새마다 사야 할 물건이 있는 것은 아니나 사람의 육성이 그득한 활기가 좋아서다. 시들어 가는 초목에 물을 주듯 활기를 얻으러 나섰다는 말이 빈말은 아닐 것이다.

아침 장은 분주하다. 트럭에 짐을 싣고 온 상인들이 짐 부리고 천막 치고 물건을 펴느라 몸놀림만 재빠르지 장꾼은 거의 없다. 열 시 경이 되면 시골에서 오는 장꾼들이 하나 둘 들어서고 장 복판에 있는 순대국밥집 솥에서 구수한 김이 올라오기 시작한다.

이때 장바닥에는 기분 좋은 긴장감이 감돈다. 미지의 하루가 열리는 기대와 설렘이 팽팽하다. 단거리 마라톤 선수들이 출발선상에서 출발 신호를 기다리는 순간의 긴장감이랄까, 느슨하게 사는 나는 아침 장바닥에서 등줄기로 퍼져 내리는 삶의 긴장감을 맞아들인다.

두 달쯤 지나면서 장날 하루도 바다에 밀물과 썰물이 일 듯 시간에 따라 다르다는 것을 알았다. 시간대에 따라 등장인물들이 바뀌고 사는 품목도 바뀌었다. 오전에는 한산하다. 오후 두세 시 경이면 저녁 장을 보러 나오는 근동의 주부들로 성시를 이룬다. 특히 농번기에는 종일 파리만 날리는 가게가 있고 일꾼들 뒷바라지하는 아낙들이 몰리는 생선가게나 채소전만 붐빈다. 남정네들은 들에서 일하느라 장에 나올 시간이 없다. 대신 시간이 여유로운 노인들이 느직느직 들어선다. 이분들은 물건을 사기보다는 구경하는 일이 많다. 가끔 옷가게를 두리번거리다 홍정이 붙으면 족히 한 시간을 실랑이한다. 노인은 바지를 사는 일보다 티격태격하는 실랑이를 즐기고 시간을 보내는 일이 더 좋은가 보다. 그러나 노인이 정작 기대를 거는 것은 입씨름이 끝나 목이 텁텁해지면 들어서는 천막 순대국밥집 막걸리에 있다. 거기서 이웃 마을 친구를 만나면 금상첨화지 싶다.

그날은 섣달 그믐 대목장이었다. 장바닥은 제수를 팔고 사는 사람들로 북적거렸다. 사는 이들이나 파는 이들이나 오늘이 마지막인 듯 목울대를 세우고 있었다. 메모해 간 쪽지를 엽서인 양 들고 인파에 밀릴 때 푼돈에 목을 매는 정직한 얼굴들이 가슴을 파고들었다.

녹두나물을 시루째 내다놓고 자기 집에서 기른 것이라며 손을 붙들고, 붉은 천막 아래 과일장수는 덤을 준다고 소리친다. 생선포를 뜨는 생선장수는 꽁꽁 언 동태를 나무 도마에 올려놓고 단번에 목을 치며 안주인에게 조기를 팔라고 손짓이다. 눈이 튀어나오게 열심이다. 한눈 팔 여지없이 자기 몫에 충실한 사람들, 때 묻은 옷소매가 달리 보이는 삶의 현장은 나를 매료시켰다.

파장 무렵이었다. 아침과 달리 물건들이 팔려 가서 장은 허름해지고 늦장을 본 사람들은 돌아가는 발걸음이 바빠졌다. 이때 종일 장사를 한 상인들의 전대는 두둑하다. 그들의 모습이 확대경으로 보듯이 크고 확실하게 다가섰다. 기분이 좋아 보이는 얼굴, 피곤에 절은 얼굴, 흡족해 뵈는 얼굴, 장사가 안 되었는지 우거지상으로 짐을 싣는 남자, 떨이니 다 가져가라며 덤을 주는 하회탈 같은 노파, 이들의 얼굴이 예사롭지 않게 눈길을 끌었다.

바로 그때 대추 둬 되, 밤 그만치, 한옆에 생강 무더기, 몽땅 털어 봐야 단돈 십만 원도 안 될 것 같은 물건을 앞에 놓고 꼿꼿이 앉아 있는 남자를 보았다. 서둘지도 않고 호객도 않고 남의 집 장사하듯 하는 그가 생경스러운 것은 노루 꼬리만 한 해가 서산에 걸쳤대서가 아니었다. 규모가 크든 작든 머리 싸매고 물건을 파는 사람들 속에 방관자 같은 남자가 묘하게 인상적이다.

상인들도 자기 몫의 물건을 다 팔고 가벼운 마음으로 돌아갈 집에는 푸근한 안식이 기다릴 것이다. 낮 동안 고달팠다 할지라도 두 팔 벌려 맞이해 줄 가족들이 있고 그 사랑 속에서 누릴 평화가 준비되어 있을 것이다. 그래서 돌아가는 길이 축제일 터이다.

장바닥을 누비면 누빌수록 사람 사는 일생도 장날 하루치 같다는 생각이 든다. 아침에 장을 폈다가 저녁이면 남은 물건 싸들고 돌아가는 이치. 그럼 내 좌판은 저 남자보다 나은 게 무엇인가, 해는 자꾸 넘어가는데 어쩌란 말인가.

어둑해지는 장바닥을 돌아서는 내 모습이 그 남자의 뒷모습과 겹쳐지는 것은 무슨 연유일까. 그래도 내 몫을 최선을 다해 살았으니 자비로우신 그 분은 나를 품어 주실 거라는 터무니없는 확신이 염치없다.

간병인

"보호자 어디 있어요?" 간호사의 목소리가 연거푸 대기실을 휘저어 놓는다. 잠시 침묵이 흐른 뒤 복도 쪽에서 정물처럼 휠체어에 앉아 있던 노인 환자가 "갔슈." 외친다.

여기는 ㅊ병원 비뇨기과 진료실이다. 우리는 한 달에 한 번 병원에 온다. 대부분 환자는 보호자를 동반한다. 나이가 어리거나 노인이거나 환자 1인당 보호자가 한두 명은 따라붙기에 20인 석 좌석은 차 있고 복도 대기실엔 빈자리가 없다.

작년에 남편이 입원한 병실은 6인실이었다. 처음에는 6인실이 없어 3인실에서 사흘을 보내고 어렵게 얻어 낸 병실이 바로 여기다. 남자병동은 대부분 부인이 간병을 하고 직업적인 간병인을 쓰는 환자는 더러 있을 뿐이다. 첫째 자리, 그분은 연세가 70세가 넘었다고는 하나 병자 같지 않게 신수가 훤하고 점잖다. 이분은 가족들이 바빠서 간병인을 쓴다. 그런데 간병인이 노인과 자주 티격태격한다. 주로 식사 시간이다. 노인이 생선으로 눈을 돌리면 간병인은 두부를 집어다 먹이고 안 먹겠다고 도리질을 치면 맘대로 하라고 식반을 들어다 내놓는다. 간병인은 누워서 얻어 자시는 형편에 주는 대로 자시면 뭐가 어떻게 되냐고 노골적으로 불평을 터트린다. 그러면 노인은 거저 해주는 것도 아니면서 유세를 부린다고 항의한다. 24시간 간병하느라 집에도 가지 못하는 간병인 입장에서 보면 야속하기도 할 것이다. 이런 날은 기저귀를 갈아 주는 손길이 거칠다.

대부분 연세가 드신 환자들이라 간병하는 부인들도 할머니들이다. 우리가 처음 들어왔을 때 바로 옆자리의 환자 내외분이 많이 도와주었다. 내가 미처 하지 못하는 환자 관리며 식반 타오는 것이며 세심하게 보살펴 주었다. 그분은 폐암 말기 환자라 했다. 그런데도 밝고 명랑했다. 우리 남편이 수술 후 아파서 못 견뎌 할 때 오늘밤만 지나면 된다고 위로해 주고 그 부인은 나 대신 환자의 소변 주머니를 갈아 주기도 했다.

밤이 깊어서야 병실은 조용하다. 간병인들도 환자 침대 밑에 보조 침대를 내놓고 비로소 다리를 뻗고 누워 보는 시간, 신세가 처량하다. 바닥이나 다름없는 침대지만 고맙기 그지없다. 여기저기서 환자들 신음소리에 섞인 간병인들의 한숨 소리가 들린다. 그것은 육신의 고달픔에서 오는 소리만은 아니다. 이별을 준비하는 막막함에서 오는 신음 소리일지도 모른다.

수술 후유증으로 하혈을 하고 하얗게 죽어가는 남편을 보고 난 후 어떤 경우에도 남편을 타박하는 일이 없어졌다. 단말마의 고통이 얼마나 처참한지를 뼈저리게 느꼈던 그 밤, 살아 있는 동안은 편안하고 행복하게 해주겠다고 스스로 약속을 했다.

그날 우리 건너편에 새로 들어온 환자는 멀쩡해 보이는데 간병하러 온 부인의 몰골이 말이 아니었다. 관절이 성한 것이 없다. 앉았다가 일어서려면 온몸을 뒤틀어야 겨우 일어선다. 이 분들은 첫날밤부터 다투기 시작했다. 내일 수술을 받는 남편은 남편대로 긴장하고 힘들어 하고, 부인은 자신의 몸 추스르기도 어려우니 짜증이 날 수밖에 없다. 옆에서 보기가 민망스러울 정도다. 오늘 환자만 남겨 두고 종적을 감춰 버린 대기실의 간병인도 참다 못해서 일으킨 항의가 아니었을까. 환자가 환자를 간병해야 하는 이것이 우리의 현실이다.

이번에는 여자 병동으로 옮겨 본다. 이상하게도 간병인이 남자가 없다. 남편들이 오기는 오는데 얼굴을 내밀고는 금방 사라져 버린다. 어쩌다가 젊은 아내를 입원시킨 남편이 밤을 새워 간병하는 경우가 없는 것은 아니지만…… 왜 그럴까, 여자들만 있는 곳이라서 계면쩍어서 그런지도 모른다. 그럼에도 아내들은 1년이 넘는 장기 입원 환자라도 꼭 옆에서 간병하느라 허리가 휜다. 지극 정성이다. 왜, 무엇 때문에 불균등할까. 억울해서 하는 말이 아니다. 2주 동안 간병을 하면서 깨달은 것은 여성들에게는 모성 본능이라는 보물이 있어서 병든 남편을 자기 아이 돌보듯 돌보는 것이 아닐까 하는 것이다.

나이를 먹는다는 것은 죽어간다는 역설이다. 건강하게 살면서 죽어가면 좋겠으나 생로병사가 한 끈에 달렸으니 언제 어떤 일이 일어날

지 아무도 모른다. 요즘에는 저녁 밥상머리에서 마주 앉아 식사하는 시간이 한없이 감사하다. 자주 딴소리 하고 묻고 또 묻고 할지언정 그가 내 옆에 있다는 사실 하나만도 얼마나 힘이 되는지. 어쩌다가 몸살로 누우면 누룽지라도 끓여다 주는 남편 간병인이 있다는 게 얼마나 다행인지.

퇴원한 지 1년, 요즘 남편은 틈만 나면 주방으로 간다. 전에는 체통 운운하며 안 하던 짓이다. 그릇 하나만 개수대에 있어도 설거지를 하고 행주를 빤다. 세탁기에서 종료 버저가 울리기 무섭게 베란다로 나가서 빨래를 너는 것도 남편이다. 왜 그렇게 잘해 주느냐고 하면 고마워서라고 한다. 뭐가 그렇게 고마우냐고 물으면 그냥 다 고맙단다. 식사 때 말고는 의치가 부담스럽다고 빼놓고 지내니 웃는 모습이 꼭 하회탈이다. 바람이 있다면 지금처럼 아이 같은 얼굴로 자주 웃고 이만치라도 건강하게 오래오래 옆에 있어 주기를. 그러면서도 전에 안 하던 짓을 하는 걸 보면 그도 앞으로 닥칠 이별을 준비하는 것이 아닌가 싶기도 하다.

간병인은 병만 간호해 주는 것이 아니다. 환자의 아픔을 내 아픔으로 느껴 함께 아파해 주는 사람이다. 그러고 보면 세상에 환자 아닌 사람 없고 간병인 아닌 사람이 없다. 가끔씩 사랑을 가르쳐 준 그 병실 가족들이 생각난다.

하남 휴게소

서울을 빠져 나오는 데 세 시간이 걸렸다. 토요일 휴무가 낀 주말이라 밀릴 것은 예상했으나 끝 모를 차량 행렬은 시골 사람들을 완전히 기죽게 하고도 남았다.

밖은 무더위로 끈끈하고 차들의 배기 가스는 눈을 따끔거리게 했다. 차 안의 사람들은 저마다 한 마디씩 한다. 이런 데서 어찌 사느냐고, 서울에 살지 않는 게 천만다행이라고, 주말마다 낚싯대 메고 물을 찾는 행복을 저 사람들이 알기나 하겠느냐고. 일행은 이런 불만을 소주로 달래며 애꿎은 마른 오징어만 질겅질겅 씹었다. 그 일도 지쳐서 눈을 반쯤 감고 조는지 마는지 조용해졌다.

내가 눈을 뜬 곳은 휴게소였다. 운전을 하던 C사장은 담배가 급했는지 차를 세우자마자 뛰쳐나갔고 일행들은 기지개를 켜며 하나 둘 화장실로 향했다. 기온이 후덥지근하고 덥기는 하지만 몸을 자유롭게 움직이고 맑은 공기를 마실 수 있어서 휴게소가 반갑기만 하다. 시장한 사람은 요기를 하고 배설의 욕구를 해결할 수 있는 곳, 또한 서로 약속을 하고 만날 수 있는 만남의 장소로도 충분한 존재 이유가 있는 곳이다. 어디 이뿐인가. 펄펄 달구어진 차의 엔진이 식을 짬을 주는 곳도 바로 휴게소다.

연전에 미국 서부를 여행할 때였다. 샌프란시스코에서 출발하여 로스앤젤레스를 가는 길에는 모하비 사막이 있다. 가도 가도 끝없는 모래밭에 마을도 휴게소도 쉽게 나타나지 않았다. 해는 저물어 어둠이 스며들었다. 어디선가 차가 멈췄다. 볼일이 급한 사람들이 차에서 내려 전갈을 무서워하며 볼일을 보는 데 문득 외롭다는 생각을 했다. 차 안에는 일행들이 있는데도 지구 위에 단 한 점으로 존재하는 것 같은 막막함과 고적감, 나는 그때 오밀조밀한 우리 땅, 오래 기다리지 않아도 쉴 수 있는 휴게소가 있는 내 나라가 다시 돌아갈 수 없는 곳인 듯 그리웠다.

오늘 우리가 멈춘 곳은 하남 휴게소라 했다. 나는 처음 가 본 곳으로 중부고속도로를 통과하는 사람들의 만남의 장소라는 이야기를 들었다. 과연 지방 도로에 붙어 있는 휴게소와는 달리 사람들이 실내와 밖의 의자에도 빈틈이 없다.

우리 일행들도 인공 분수가 있는 비치 파라솔 밑에 앉아 음료수를 마시며 한담을 즐겼다. 그 사이에도 먼저 온 사람들은 휴식을 끝내고 출발하고 다시 휴게소로 들어서는 차들로 일사불란하다.

차는 다시 달렸다. 한 삼십 분쯤 달렸을까. 옆사람 핸드폰이 울렸다. 가방 이야기가 오고 갈 때까지도 나는 내 핸드백이 없어졌다는 사실을 모르고 있었다. 전화는 누가 핸드백을 주어다가 관리실에 맡겨 지갑에 들어 있는 회원의 전화번호로 알렸다는 것이다. 내 주소를 찾아 택배로 부쳐 주겠다는 연락이었다. 이런 변고가 있나. 그제야 무릎이 허전하고 손이 비어 있다는 것을 알았다. 휴게소 직원이 전화해 주지 않았다면 나는 집에 도착할 때까지 이 사실을 모르고 있을 것이다.

그 순간 갑자기 멍해졌다. 나를 증명하는 일체의 것이 없는 상태, 이런 기분을 진공 상태라 하는지 모르지만 마음은 이상하리만치 홀가분해지는 거였다. 주민등록증, 그 뒤에 꿍쳐 넣은 비상금, 그리고 복지카드, 국제펜클럽 회원증, 한국문협 회원증, 그리고 나와 관계된 사람들의 주소가 있는 카드들. 어디 이뿐인가.

보물처럼 여기는 수첩에는 나에게 보물 같은 사람들의 전화번호가 있고, 메모가 있고 '시詩'편도 들어 있다. 뒤쪽으로 가면 컴퓨터 막힐 때 보는 참고 자료도 있지 않는가. 그러고 보니 지갑 속에 현찰도 묵직하다. 워낙 변변치 못한 사람이라 카드라는 카드는 하나도 없는 것이 다행이라면 다행이다. 이밖에도 걸기만 하는 핸드폰, 화장품, 상비약, 사혈침. 기도문, 묵주……. 그 조그만 가방에 내 이력이 들어 있고 인간 관계와 의무 사항과 내일의 계획도 다 들어 있다. 자유로움도 잠시 진공 상태의 머릿속으로 슬금슬금 불안이라는 검은 그림자가 어른거리기 시작했다.

누가 주워서 관리실에 맡기기 전에 현금을 슬쩍할 수도 있겠고, 내가 아끼는 사람들의 전화로 괴롭힐 수도 있을 것이다. 세상이 험악하니 어디 마음을 놓을 수 있겠는가. 거기까지 생각하니 마치 귀여운 자식이 누군가에게 폭행을 당하는 기분이 드는 것이었다.

며칠 후, 택배가 왔다. 조심스럽게 뜯는 손길이 파르르 떨렸다. 이윽고 드러난 눈 익은 가방. 가방 속은 내가 넣은 그대로 순서도 바뀌지 않은 채 곱다랗게 돌아왔다.

나는 그날 이런 편지를 썼다.

마음씨 고운 이에게

이름도 성도 모릅니다.
무슨 일을 하시는지 어떤 생각으로 사는지
아무것도 모릅니다.
핸드백을 두고 오던 날, 내가 겁낸 것은
잃어버린 현금과 물건들이 아니었습니다.
그 뒤에 올 불신과 실망 그것이었는데
주인 없는 가방을 주워다가 맡겨 준 분과 하남 휴게소 사람들은
그런 나에게 희망을 선물해 주셨습니다.
그 희망에는 정직과 신뢰와 우리의 밝은 내일이
꽃씨처럼 박혀 있었습니다.
하남 휴게소는 님들 덕분에 우리의 희망이 되었습니다.
감사합니다.

같은 온도

예술적 온도가 맞는다는 이유로 활화산처럼 타오른 사람들이 있다. 평범한 사람들에게는 납득이 가지 않는 일이 예술가들에게는 종종 일어나는 것은 무모함일까, 열정일까. 뜨거운 사람들의 사랑이 매스컴에 오를 때면 생각해 보는 숙제다.

지난 겨울 결혼 청첩장을 받았다. 성장한 신랑 신부가 혼인 예식을 올리기 전에 찍은 웨딩 사진 몇 컷을 청첩장에 넣는 일이 다반사다. 그러나 이 청첩장에는 예비 신랑 신부의 사진 대신 선으로만 그려진 인형 같은 두 컷의 인물이 있고 "우리 같은 온도를 지녔군요"라는 초대 문안이 특별했다.

같은 온도라는 문안과 함께 떠오른 것은 내가 젊어서 열광했던 어떤 비틀즈와 행위 예술가의 사랑이다. 비틀즈의 멤버 존 레논은 자기보다 일곱 살 연상인 일본 출생의 행위예술가 오노요코를 만나는 순간, 다른 모든 만남의 의미를 상실했다고 한다. 레논이 쓴 프로필을 보면 '1940년 10월 9일 출생 / 1966년 오노 요코를 만남.' 단 두 줄로 요

약된다. 이것으로 그의 생애에서 차지하는 오노 요코의 비중을 알 만하다.

> "비틀즈를 시작할 때부터 내 주변에 예쁜 여자들은 얼마든지 널려 있었다. 하지만 그들 중 나와 예술적 온도가 맞는 여자들은 없었다. 나는 늘 예술가 여성을 만나 사랑에 빠지는 것을 꿈꾸어 왔다. 나와 예술적 상승을 공유할 수 있는 여자 말이다. 요코가 바로 그런 여자다."
>
> — 존 레논

여기서 어필해 온 것은 같은 온도와 서로의 상승이라는 단어였다. 같은 온도라 하면 같은 취향, 같은 생각, 말하자면 같은 색깔일 터. 그렇다면 같은 온도의 사람들이야말로 예술적 기질이 모아지면 서로의 예술적 상승이 이루어지는 것은 당연한 것 아니겠는가. 이들은 정말 예술적 상승을 이뤄 냈다.

청첩장의 주인공들은 존 레논과 오노 요코가 처음 만나 느낀 같은 온도를 서로에게서 느껴 결혼에 이른 것이 아닌가 싶었다. 신부는 바로 내 친정 조카딸이다. 대학에서 디자인을 공부했다더니 간결한 청첩장에서 참신함을 느꼈다.

그런데 이 녀석들이 이모할머니인 내게 주례를 부탁한다는 것이다. 낭패였다. 아무리 개방된 젊은이의 생각이라도 나이 많은 시골 할머니에게 주례를 부탁한다니 이해는커녕 납득조차 가지 않았다. 하필이면 왜 이모할머니냐고 물으니 답이 재미있다. 같은 온도를 지녔기 때문이라는 것. 이러저런 이유로 주례를 설 수 없다고 설명해서 가까스로 거절을 했다. 많이 서운해 하더라는 후문이다.

달포 후 나는 같은 온도를 지닌 이 젊은이들 결혼식장에 섰다. 하객들 사이에서 해를 닮은 한 쌍의 신랑 신부를 보았다. 긴 머리를 뒤로 묶고 껑충한 바지에 평상복 같은 예복을 입은 신랑이 보였다. 바로 옆에는 화장기 없는 맨 얼굴에 생머리를 그대로 옆으로 내린 신부가 섰다. 머리에는 달나라 어느 항아님이 금방 썼다가 벗어 준 것 같은 화관을 쓰고 심플한 디자인의 드레스는 평상복으로 입어도 좋을 편안한 느낌을 주었다.

잠시 하객들 사이에 수런거림이 낮게 들렸다. 부모가 모두 대학 강단에 있으니 상식을 파괴한 이들 모양이 의외일 수도 있을 것이다. 주례가 궁금했다. 저들이 수학한 은사님이나 저명도 높은 어르신이 아닐까 하는 기대는 빗나갔다. 주례석에는 로만 칼라의 신부님이 온화한 미소로 이들을 축복하고 있었다. 조카딸의 유아 세례를 주신 신부님이라고 했다. 친구들의 축가, 신부 동생이 제작한 영상물, 정이 묻어나는 장면들이었다. 결혼식을 마치고 나오자 서울 하늘에 시인 백석이 연인 나타샤를 기다리던 밤에 내렸음직한 함박눈이 푹푹 내리고 있었다.

조카딸은 신부 드레스를 보러 갔다가 250만 원이라는 말을 듣고 낭비라는 생각이 들었다. 생각 끝에 남들처럼이 아니라 저만의 옷을 입고 싶어서 10만 원어치의 옷감을 사다가 손수 드레스를 만들었다는 것이다. 신부 화장도 마다 했다. 가족들이 말렸어도 고집을 꺾지 않아 하는 대로 두었는데 밉지 않느냐고 조카댁이 물었다. 내 대답은 명쾌했다. 아주 신선하다고. 그러고 보면 우리는 정말 같은 온도를 지녔음이 분명하다.

이 아이들이 하는 가방 사업의 지향도 바로 같은 온도라고 하는 것을 보면 미더운 구석이 많다. 인터넷에 올라온 사업 이야기에도 체온이 묻어난다.

"같은 온도의 사람들과 함께 같은 온도를 공유하고 싶다는 '세이모 온도'는 옷을 하던 두 디자이너가 만나 시작된 브랜드다. 한 디자이너는 하이패션으로 브랜드를 준비하고 있었고 한 디자이너는 스트릿패션으로 브랜드를 준비하고 있었다. 두 디자이너의 재미있는 공통적인 아이디어로 가방을 만들기 시작했다. '세이모 온도'의 시그니처인 꼬리에 눈이 달린 물고기는 두 디자이너의 독특한 조화점을 의미한다."

조카딸도 짝꿍 디자이너를 만나 서로 같은 온도라는 것을 느꼈고 둘이 함께라면 더 많은 것을 성취할 수 있겠다는 합일점을 발견한 것이라는 데 공감이 갔다. 이미 이루어 놓은 무엇을 누리기보다 아무것도 없는 무의 상태에서 서로 성장하면서 상승하려는 의도가 바로 무한한 가능성 아닌가. 예술이든 사업이든 인생 경영이든 같은 온도의 사람들이 함께 상승하는 것. 그것이 바로 미래 창조지 싶다.

추운 겨울을 이겨 내느라 어깻죽지가 아프도록 힘들었다. 그러다가 결혼식장에서 소리없이 온 봄 한 쌍을 미리 만났다. 누구와도 닮지 않고 저들만의 개성과 품위를 간직한 젊은이들을. 이들은 분명 상승을 약속한 이 시대, 봄이 보낸 메시지다.